# Mise en Garde

Cher lecteur,

Vous tenez entre vos mains un récit qui explore les recoins sensuels de l'imagination humaine. Ce roman est destiné à un public adulte averti (18 ans et plus) en raison de son contenu explicite et érotique.

Les pages qui suivent contiennent des scènes intimes, des descriptions détaillées de relations passionnées, et des explorations audacieuses de la sexualité humaine. L'intention est de capturer l'essence de la passion, de l'amour, et de l'érotisme dans toute leur complexité.

En choisissant de poursuivre votre lecture, vous attestez être majeur et consentant à explorer des thèmes adultes. Nous vous encourageons à faire preuve de discrétion et à interrompre votre lecture si le contenu peut vous paraître inconfortable.

L'auteur s'est efforcé de traiter ces sujets avec respect et nuance, dans le but d'offrir une expérience littéraire engageante et émotionnelle. Cependant, chaque lecteur réagit différemment aux thèmes sensibles, et il est essentiel d'aborder ce roman avec une compréhension consciente de son contenu.

Merci de plonger dans cet univers avec sensibilité et ouverture d'esprit.

Avec respect,

# L'Encre Interdite

## Érotique

~

18+

Écrit par :

## Lios-Art

*(Aka : L. Bourgeois)*

Illustration de la couverture par l'Auteur

# L'Encre Interdite

## Tome 1

1re édition Novembre 2023

www.Lios-art.com

Admin@lios-art.com

Première Édition : Novembre 2023

## ✎ *Dédicace* ✎

À ma muse, ma femme adorée, Julie Carbonneau

Ton amour et ton inspiration ont été la force motrice derrière chaque mot de cette histoire. Ce livre appartient autant à toi qu'à moi, car c'est dans ton amour que j'ai puisé la créativité qui a donné vie à ces pages.

À Yann Auteur,

Un immense merci pour ton travail d'alpha lecture. Ta contribution a été précieuse, et je suis reconnaissant de t'avoir à mes côtés dans cette aventure littéraire.

À mes bêta lecteurs dévoués,

Nancy Boucher et Aude Horrorbooks, votre engagement et votre critique constructive ont été la pierre angulaire de la perfection de ce récit. Merci de partager ce voyage littéraire avec moi.

À tous ceux qui ont fait de ce roman une réalité,

Cette dédicace est un humble témoignage de ma gratitude envers ceux qui ont contribué à donner vie à ces pages. Que cette histoire soit le reflet de l'amour, de l'audace et de l'aventure que nous partageons tous.

Avec tout mon amour et ma reconnaissance,

www.Lios-art.com
Admin@lios-art.com

# Index

# Prologue

Julie Sansjeunesse était une jeune auteure de trente-deux ans, renommée dans le monde de l'horreur, adulée pour ses romans terrifiants qui faisaient frissonner les lecteurs. Son bureau, d'allure gothique, était un véritable sanctuaire dédié à son art. Les murs étaient ornés d'affiches de films d'épouvante emblématiques, tandis que des figurines sinistres peuplaient les étagères. La pièce était plongée dans une semi-obscurité, accentuant l'ambiance mystérieuse et angoissante qui y régnait.

Au centre de la salle trônait un immense écran d'ordinateur, entouré de claviers rétro éclairés. C'était là que Julie se confrontait quotidiennement à la page blanche, espérant trouver l'inspiration qui lui échappait depuis un certain temps. Son regard se posait souvent sur la grande bibliothèque qui s'étendait le long d'un mur, remplie de livres d'horreur, soigneusement alignés. Les œuvres des maîtres du genre se côtoyaient, offrant à Julie une source inépuisable de références et d'idées.

Cependant, parmi les ouvrages macabres et terrifiants, une collection de livres fantastiques, intitulée "L'Œil du Diamant", semblait à l'antithèse des autres, étrangement déplacée. Cette série, au design élégant et aux couvertures chatoyantes, représentait une incursion dans un style différent, loin de l'effroi qui avait fait la renommée de Julie. Ils formaient une petite exception dans ce monde sombre et angoissant, rappelant à Julie qu'il y avait divers horizons littéraires à explorer.

Menant une lutte acharnée contre un blocage créatif récemment apparu, Julie laissait souvent ses regards s'évader vers cette série de fantasy, se demandant si un voyage vers un univers ensorcelant pourrait lui apporter un souffle revitalisant, réveillant ainsi son inventivité engourdie depuis peu.

Pourtant, bien que son entourage lui offre une pléthore d'inspirations, Julie se sentait capturée par des pensées érotiques qui surgissaient perfidement à chaque tentative d'écriture. Cette intrusion incongrue la déstabilisait, minant sa confiance en son talent et en sa capacité à retrouver les fondations mêmes du genre horrifique qui la passionnait.

Chaque jour, elle prenait place à son bureau, désirant ardemment que l'atmosphère chargée de mystère et l'imposante présence des livres d'horreur la projettent à nouveau dans l'univers terrifiant qu'elle connaissait si bien. Cependant, à chaque occasion, son esprit s'égarait, submergé par des scènes envoûtantes qui semblaient accaparer le contrôle absolu de son imagination.

Prisonnière de cette impasse, Julie se trouvait prise au piège d'un dilemme intérieur qui la tourmentait sans relâche. Un conflit opposait avec véhémence son amour pour l'épouvante à cette nouvelle facette qui émergeait avec une insistance troublante. Comment marier ces deux mondes en apparence discordants? Comment naviguer entre les abysses de la terreur et les profondeurs enivrantes de ses désirs sensuels qui prenaient de plus en plus d'ampleur en elle?

Son regard se posait sur la bibliothèque, détaillant chaque étagère avec une volonté insatiable de dénicher une étincelle capable de rallumer l'ardeur de sa passion pour l'horreur. Peut-être, dissimulée dans l'ombre d'un coin obscur de sa propre collection de livres, trouverait-elle la clef pour résoudre l'énigme qui la tourmentait. Un sésame pour harmoniser ces deux univers en conflit qui se livraient une bataille sans merci en son for intérieur.

En elle grandissait un désir pressant, une soif inextinguible de retrouver cette inspiration qui autrefois alimentait ses écrits terrifiants. De manière subreptice, des pensées langoureuses infiltraient son esprit, submergeant ses sens avec une irrésistible vivacité. Les moindres sensations, les fragrances suspendues dans l'air, les murmures suggestifs de la rue, tout agissait comme un catalyseur, éveillant en elle un état fiévreux et incontrôlable. Une dualité intense émergeait, emplissant chaque instant d'une tension électrique, et Julie se tenait debout à la croisée des chemins, cherchant ardemment comment réunir ces deux facettes opposées de son être en une symphonie cohérente.

Un livre reposait entre ses paumes, sa couverture macabre aurait pu faire frémir les âmes les plus sensibles. Cependant, son attention n'était pas captivée par les éléments lugubres de la reliure, mais plutôt happée par des chimères obscures qui dansaient en un ballet hypnotique au creux de son esprit.

Les menottes ciselées sur l'image évoquaient des jeux de pouvoir, des frissons de soumission et de contrôle qui bravent avec audace les limites imposées par la morale. Les lignes de l'ouvrage, tracées avec une encre presque terrifiante, s'amalgamaient à un mélange troublant de désir et d'effroi, dessinant une fresque énigmatique où l'horreur et le plaisir se liaient d'une manière qui semblait défiante. La trame inquiétante du récit se fondait ainsi dans une toile envoûtante, suscitant en Julie une fascination déconcertante et obscure. Chaque page tournée éveillait en elle un tourbillon d'émotions contradictoires, transformant le livre en une porte dérobée vers un monde où ses envies les plus enfouies pouvaient fusionner avec les ténèbres qu'elle avait si souvent explorées.

Un parfum ensorcelant, mélange d'encre fraîche et de papier froissés, semblait se mêler à une tension sexuelle palpable, enflammant ses sens et ranimant les braises de ses fantasmes les plus sombres. Une dualité intérieure la dévorait, tiraillée entre son amour pour l'horreur et la séduction enivrante de l'érotisme qui s'insinuaient en elle.

Les scènes qui se déployaient dans son esprit étaient troublantes, empreintes d'un charme sensuel, sauvage et animal. Les personnages prenaient vie dans son imagination, cédant à des désirs insatiables, se plongeant dans des pulsions intenses qui transcendaient les limites de la raison. Chaque pensée était une aventure audacieuse et provocante, un voyage dans les profondeurs de l'âme et les recoins sombres de la luxure.

En proie à ses propres dilemmes, Julie se questionnait sur la voie à suivre. Devait-elle se laisser emporter par ces instincts, s'abandonner à cette force irrésistible qui la tourmentait jour après jour? Une partie d'elle-même était attirée par cette énergie animale, prête à l'embrasser pleinement et à l'autoriser à guider ses ouvrages vers des horizons inexplorés et érotiques. Cependant, une lueur d'appréhension dans ses yeux trahissait son hésitation, laissant entendre qu'il y avait bien plus à résoudre que de simples désirs refoulés.

La situation de Julie devenait de plus en plus frustrante, un véritable cauchemar pour une écrivaine habituée à la fluidité de sa créativité. Elle se sentait abusée par son propre esprit, comme si une force mystérieuse lui avait volé son inspiration. Elle se demandait ce qui lui arrivait, pourquoi son imagination débridée avait-elle subitement perdu son penchant pour l'horreur? Jamais, dans sa carrière, elle n'avait été confrontée à une telle impasse inventive.

Pourtant, à peine quelques jours plus tôt, lorsque son amant s'était présenté, la passion qui jadis embrasait leur étreinte avait semblé absente. Malgré la mise en scène familière d'un souper aux chandelles, les flammes de l'excitation n'avaient pas dansé comme auparavant. Une relation qui avait autrefois été une fusion charnelle s'était transformée en une série de gestes anodins, la position du missionnaire devenant presque une routine dépourvue d'éclat. Son manque de désir avait commencé dès l'arrivée de son amant. Habituellement, elle se plaquait contre lui pour coller sa bouche contre la sienne pour échanger un baiser passionné. Cela permettait de réveiller la libido du monsieur qu'elle sentait gonfler sous sa main. Pour cette fois, elle s'était contentée d'un smack rapide sur ses lèvres. Après le repas, assez ennuyeux, elle l'avait invité dans sa chambre. Généralement, elle se laissait déshabiller par lui, mais cette fois, elle s'en chargeait elle-même comme si elle était pressée d'expédier cette formalité. En réalité, elle n'avait pas très envie de faire l'amour, mais n'osait pas lui avouer. Il comprit quand, pour accélérer la chose, elle s'allongea sur le lit en écartant les jambes.

"Tu as un problème?" s'enquit-il.

Comment lui dire la vérité? Comment lui expliquer que leur relation manquait de folie? Elle aspirait à quelque chose de plus exaltant, même si elle n'avait pas précisément en tête ce que cela impliquait. Peut-être aurait-elle aimé qu'il la bouscule, qu'il la prenne sauvagement à la hussarde, qu'il mette ses mains, ses doigts et sa bouche sur chaque cavité et recoin de son corps. Elle n'avait encore jamais connu l'orgasme, cette expérience inédite de plaisir intense et enivrant. Les exclamations enthousiastes de ses amies, qui parlaient du nirvana avec tant de ferveur, n'avaient jamais réussi à faire résonner à la porte de ses cuisses.

"Non! Tout va bien!"

D'autorité, elle se saisit du membre tendu de son partenaire pour le guider en elle, signifiant par la même occasion qu'elle n'était pas disposée à subir les préliminaires habituels. Telle une étoile de mer, échouée sur le sable, elle resta immobile pendant que son amant s'agitait en elle. Elle patienta, qu'il déverse son plaisir puis elle le repoussa pour se diriger rapidement vers la salle de bain comme si elle voulait se débarrasser de *cette souillure*. À son retour dans la chambre, elle trouvait son compagnon rhabillé.

"Je crois que c'est mieux si je rentre. Tu sembles sur une autre planète!" Constatait-il amèrement.

Elle enfila son peignoir, sans le regarder.

"Oui, rentre chez toi. J'ai la tête ailleurs avec mon roman à composer."

Julie était restée en surface, sans réussir à raviver les étincelles qui jaillissaient si naturellement lorsqu'elle se replongeait dans l'écriture, dans le sanctuaire de sa chaise, où les pulsions qui l'animaient paraissaient attendre d'être libérées.

Il ne parvenait plus à incarner les scénarios brûlants de ses fantasmes. Lorsqu'elle posait les yeux sur lui, il n'était plus qu'un homme lambda, alors que pour bon nombre de femmes, l'idée de l'avoir dans leur lit aurait facilement déclenché des frissons charnels. Mais Julie désirait autre chose, quelque chose de plus intense et ténébreux. Mais, quoi, exactement? Quel sombre mystère se cachait derrière cet appétit insatiable qui la poussait à explorer des territoires plus sauvages et captivants, retrouvant cet instinct qui l'animait quand, assise à sa chaise d'écriture, elle laissait libre cours à ses réflexions les plus intimes, des pensées qui évoquaient des scénarios bien plus osés et pervers?

Ce que ses priorités exigeaient ne paraissait pas être en accord avec les pulsions actuelles de son corps.

Julie était à un carrefour de son histoire, se sentant perdue dans le tumulte de ses fantasmes. Elle n'avait jamais véritablement eu le temps ni l'intérêt de creuser en elle pour trouver ce qu'elle désirait vraiment. Bien sûr, il y avait un mec dans sa vie, mais cela semblait n'être qu'une étape nécessaire pour suivre la voie que la société adulte lui dictait, sans qu'elle ait réellement exprimé des aspirations préexistantes.

Ce qu'elle ressentait, c'était un besoin de quête, une recherche pour déchiffrer les mystères cachés au plus profond de son être. Un désir brûlant l'animait, mais elle ne parvenait toujours pas à le définir clairement. Elle avait l'intuition qu'il devait exister quelqu'un, un amant peut-être, capable de l'orienter dans cette découverte sensorielle, un homme qui pourrait la conduire à arpenter chaque millimètre de sa peau avec passion et expertise.

Elle était prête à s'immerger dans une expérience qui la guiderait vers des délices inexplorés jusqu'à présent. Toutefois, l'âme idéale pour cette exploration intime ne s'était pas encore manifestée. Julie oscillait entre l'attrait de la facette sombre des plaisirs prohibés et la quête du compagnon utopique pour cette entreprise. Une ambiguïté persistait, laissant place à des questionnements constants quant à la voie à suivre. La décision se présentait comme une énigme, et Julie était en quête d'une meilleure connaissance d'elle-même, aspirant à rencontrer le partenaire qui l'accompagnerait dans cette aventure incertaine.

Mais elle n'avait pas le temps de laisser gambader sa libido dévorante. Les pages blanches de son roman attendaient, impatientes, d'être noircies par ses mots. Les frissons qui la parcouraient ne pouvaient pas être emportés par des désirs éphémères.

La journée avait été interminable, passée à fixer son écran sans savoir par quelle phrase commencer, quelle histoire pourrait faire frémir, ses lecteurs. Les idées paraissaient flotter dans un labyrinthe de pensées obscures, des échos des fantasmes qui avaient emprisonné son esprit. Cependant, chaque fois qu'elle essayait de les capturer, de les tisser dans un récit captivant, ils s'évaporaient, laissant derrière eux un vide frustrant.

Le clavier sous ses doigts était devenu son allié et son adversaire. Les touches, familières, attendaient patiemment le moment où sa créativité exploserait, où les mots couleraient comme une rivière impétueuse. Mais pour l'instant, ils demeuraient immobiles, comme des gardiens silencieux d'un royaume intérieur qu'elle ne parvenait pas à pénétrer.

Ses yeux parcouraient les étagères de sa bibliothèque, cherchant en vain un éclair d'inspiration parmi les histoires qu'elle avait dévorées au fil des ans. Les auteurs qui jadis avaient nourri son imagination semblaient distants, presque inaccessibles, tandis qu'elle luttait pour donner vie à son propre monde.

# Chapitre 1

Le lendemain, la ville se réveilla avec son rythme effréné, les premiers rayons du soleil embrassant les immeubles de verre et d'acier. Le cadran sur la table de nuit sonna, brisant le silence de la chambre. Julie ouvrit les yeux, se dégageant paresseusement des draps qui le dissimulaient, laissant entrevoir la légère ondulation de ses cheveux bruns foncés au passage. Elle se leva, dévoilant un corps qui incarnait la féminité dans toute sa splendeur. Elle dormait nue et chaque jour c'était le même rituel. Après le petit pipi matinal, elle s'observait devant le grand miroir mural de la salle de bain. Elle n'avait pas peur de vieillir, mais craignait la décrépitude de son enveloppe charnelle. Pour s'entretenir, elle pratiquait le vélo d'appartement et se rendait, deux fois par semaine, à la piscine.

Elle jeta un coup d'œil à sa poitrine généreuse et ferme, à ses courbes harmonieuses qui invitaient le regard, et fut satisfaite du résultat que lui renvoyait son reflet.

La routine urbaine la guida, rythmant chaque geste. La douche était un rappel vivifiant de la réalité, l'eau caressant sa peau avec douceur. Les gouttes dévalaient le long de son corps, accentuant les contours de sa silhouette délicieusement sinueuse. En s'essuyant, elle se contempla une dernière fois dans la glace, ses yeux vert émeraude exprimant une lueur de détermination.

Les rues étaient déjà animées lorsqu'elle sortit de son appartement. Les pas résonnaient sur le trottoir, s'harmonisant avec le battement du cœur de la ville. Chaque personne qu'elle croisait était une histoire en soi, une bribe de vie qui s'entremêlait avec la sienne. Elle savoura son café dans un bistrot de quartier, observant le flot constant de passants, chacun avec ses propres rêves et désirs.

Mais malgré la frénésie ambiante, une tension intérieure demeurait. Désespérée de retrouver sa flamme créatrice, Julie décida de prendre des mesures drastiques. Elle se plongea dans la lecture d'autres auteurs renommés dans le genre de l'horreur, souhaitant découvrir des indices, des pistes qui pourraient lui redonner le frisson générateur. Elle dévora les pages des œuvres macabres, cherchant des éléments narratifs qui pourraient la guider vers une nouvelle idée ou un concept innovant. Chaque mot lu était comme une quête, une exploration des tréfonds de l'imaginaire de ces écrivains qui avaient su captiver l'effroi dans une étreinte envoûtante. Dans ces récits, elle espérait trouver la clef pour libérer les phrases piégées dans les recoins les plus reculés de son esprit.

Elle bouquina pendant toute la matinée, plongeant dans les chapitres de différents romans d'horreur avec une concentration intense. Les paragraphes s'enchaînaient devant ses yeux, fabriquant des mondes sombres et mystérieux, mais l'inspiration qu'elle cherchait semblait inaccessible. Les personnages tourmentés et les rebondissements diaboliques ne réussissaient pas à allumer la flamme créatrice qui brûlait jadis en elle. Chaque mot lu était comme une note discordante dans la symphonie de son imagination, laissant un goût d'incomplétude et de frustration.

L'après-midi se poursuivit dans l'identique quête insaisissable. Julie plongea dans les films d'horreur, espérant que les images en mouvement et les mises en scène stupéfiantes pourraient faire germer de nouvelles idées. Elle se perdit dans des histoires de fantômes, de monstres et de terreurs indicibles, observant les protagonistes affronter leurs peurs les plus profondes. Mais même la tension électrisante de chaque séquence ne réussit pas à rallumer la lueur créative qui s'était éteinte.

Et alors que le soleil se couchait lentement, un sentiment de découragement s'empara d'elle. Elle se retrouva seule avec ses pensées, confrontée à l'incertitude de sa propre imagination. La magie qu'elle avait jadis ressentie en écrivant ses histoires d'horreur paraissait lointaine, presque inaccessible. La frustration grandissait en elle, mêlée à un désir ardent de trouver une solution.

Mais même après toutes ces recherches et explorations, Julie se sentait toujours aussi perdue. Les récits des autres lui échappaient, ne pouvant se connecter à elles comme auparavant. Elle était à la recherche d'un éclair de génie, d'un souffle d'inspiration qui la guiderait vers la voie de l'épouvante à laquelle elle était si habituée. Chaque tentative de trouver ce lien semblait laisser un vide en elle, comme si son esprit était une toile blanche sans promesse de couleur ou de forme. Le doute la rongeait, mais elle était déterminée à ne pas renoncer.

Dans un dernier effort pour retrouver l'essence de son écriture, Julie décida de se rendre dans des lieux sinistres, des endroits chargés d'histoire et de mystère. Elle parcourut les sentiers sombres des cimetières, souhaitant que les pierres tombales et les statues funéraires lui murmurent des légendes du passé. Elle visita des châteaux abandonnés, explorant leurs couloirs lugubres et leurs pièces hantées par des secrets inavoués. Mais même ces sites ténébreux et énigmatiques ne parvenaient pas à raviver l'étincelle créatrice qui animait autrefois Julie.

Perdue dans ses pensées, Julie se sentait isolée, sans personne vers qui se tourner. Son éditeur n'était guère d'une grande aide. Pour lui, les conseils n'avaient que peu d'importance — il était là pour les affaires, pour le côté lucratif de leur collaboration. Elle savait qu'elle ne pouvait pas lui avouer son blocage, car il ne verrait que l'impact sur les tirages et non la lutte intérieure qu'elle vivait.

Son amant, quant à lui, n'était qu'une distraction éphémère dans son existence. Une aventure charnelle dépourvue de passion véritable. Elle se demanda soudainement pourquoi elle avait laissé ses désirs la guider vers une liaison qui ne faisait que nourrir son vide émotionnel. Un vendeur de voitures de luxe n'était guère équipé pour comprendre les complexités de l'écriture de ses romans d'horreur. Il n'avait probablement même pas jeté un coup d'œil à l'une de ses couvertures de livre, bien moins à son monde créatif.

Elle avait vécu trop longtemps enfermée dans son univers littéraire, reliant sa sensibilité aux touches froides et dures de son clavier. Ses meilleurs amis étaient chaque frappe qui s'enfonçait sous ses doigts, chaque mot qu'elle alignait avec soin. Mais en cet instant, elle aurait tant aimé avoir quelqu'un qui compatit et lui tendrait la main dans l'obscurité de son blocage.

La solitude était un fardeau, un poids qu'elle portait dans son cœur, même au milieu de la foule animée de la ville. Elle avait besoin de quelqu'un qui la comprenne, qui puisse l'encourager et la guider. Mais où dénicher cette personne? Les visages familiers semblaient se perdre dans le brouillard de ses pensées, incapables de pénétrer la barrière qui s'était érigée autour d'elle.

Elle savait pourtant qu'elle ne pouvait pas renoncer. L'écriture était son âme, sa passion, et même si elle se trouvait dans un tunnel sombre, elle refusait de laisser cette obscurité la consumer. Avec une lueur de détermination dans ses yeux vert émeraude, elle décida qu'elle découvrirait un moyen de briser ce mur de silence. Elle avait traversé des mondes terrifiants dans ses histoires, il était temps maintenant de conquérir son propre labyrinthe intérieur et de ramener la lumière dans ses créations.

Elle se sentait à bout, épuisée par ses tentatives infructueuses. Mais au fond d'elle-même, une petite voix persistante lui murmurait de ne pas abandonner, de continuer à chercher, à creuser profondément pour retrouver ce qui avait été égaré. Julie savait qu'elle devait persévérer, que l'inspiration viendrait à elle d'une manière ou d'une autre. Elle s'accrocha à cet espoir, fermement déterminée à surmonter cette impasse créative et à redonner vie à son amour pour l'horreur.

De retour dans sa chaise, Julie se sentit submergée par le poids de l'écran blanc devant elle. Les mots refusaient de sortir, comme si le clavier et les touches étaient soudainement changés en étrangers. Son héros habituel, celui qui avait été son compagnon à travers d'innombrables histoires terrifiantes, ne lui apportait plus l'inspiration tant souhaitée. Les caractéristiques qui autrefois avaient jailli naturellement dans sa prose semblaient désormais figées, dépourvues de vie.

Un frisson de doute parcourut son échine. Elle s'était tellement identifiée à ce personnage, s'était perdue dans ses combats et ses tourments, qu'il était devenu une extension d'elle-même. Mais maintenant, même son protagoniste préféré ne pouvait pas briser le blocage qui lui enserrait l'esprit. Au contraire, il lui apportait que des idées obscènes et gauloises, loin des atrocités et de l'univers auquel il appartenait.

Les sombres monstres et les psychoses inimaginables qu'elle avait l'habitude de créer semblaient avoir cédé la place à des scénarios provocateurs et érotiques qui ne lui ressemblaient en rien. Son héros, qui l'avait guidé à travers le cauchemar sauvage et les routes ensanglantées, préférait désormais avoir emprunté une voie bien distincte, laissant des images osées envahir son esprit.

Julie se mordit la lèvre, se sentant désarçonnée. Le personnage qui avait été sa source d'inspiration la poussait maintenant dans des directions qu'elle n'aurait jamais supposées. Les éléments érotiques prenaient le dessus, gardant peu de place à l'horreur qu'elle avait si longtemps cultivée. Elle se demanda si c'était le signe d'une crise créative encore plus profonde ou simplement un défi à relever pour explorer de nouvelles facettes de son art.

Le doute se mêla à sa frustration grandissante, et elle se laissa tomber en arrière dans sa chaise, regardant fixement l'écran vide. Là où jadis les mots jaillissaient, il n'y avait maintenant que le silence oppressant de l'incertitude. Elle avait besoin d'une étincelle, d'une révélation qui la guiderait vers le chemin à emprunter. Et elle était prête à chercher partout où il le fallait pour la trouver.

Peut-être était-il temps de faire un choix audacieux, de prendre un nouveau départ. Peut-être que ce personnage, bien-aimé, mais figé dans sa forme, devait céder la place à quelqu'un d'autre. L'idée lui traversa l'esprit comme un éclair, une lueur d'espoir au milieu de l'obscurité.

"Luc… Luc… pourquoi pas Luc." Se dit-elle. Elle appuya sur le Shift L suivi du U… Elle n'avait pas encore enclenché le C, qu'elle voyait ce grand gars, aux cheveux blonds dorés à l'université qui était dans ses cours de natation. Elle avait eu un coup de cœur à l'époque, regardant ce dieu grec qui sortait de l'eau après chaque plongeon. Les gouttelettes ruisselantes sur son corps parfaitement bâti, la peau brunie juste à point… Julie en avait des sueurs rien qu'en y repensant. Comme à cette période de sa vie, ses jambes se mirent à danser hors de contrôle. Léchant ses lèvres de façon systématique sur ce beau visage sans la moindre imperfection. Elle ne voyait plus son écran, son attention venait de dévier sur ses invocations de désir. Ce besoin brûlant de se faire prendre a la renverse de manière torride et impromptue.

Julie se rendit compte qu'elle s'était perdue dans ses souvenirs passionnés, sa distraction l'empêchant de se concentrer sur son travail. Elle secoua la tête pour chasser ces pensées envahissantes et essaya de se recentrer sur sa tâche.

"Je dois me ressaisir", se dit-elle en reprenant son souffle. Elle cligna des yeux et regarda à nouveau son écran. La page blanche de Word était toujours là, silencieuse et vide, attendant d'être remplie de mots captivants. Julie était déterminée à livrer un autre chef-d'œuvre littéraire, mais elle devait d'abord surmonter cette paralysie créative qui la hantait.

Elle recommença à réfléchir à ses personnages, cherchant des idées qui pourraient donner vie à son histoire. Alors que les noms tournoyaient dans sa tête, elle se souvint encore du visage angélique de Luc, avec son sourire envoûtant et ses yeux pétillants. La simple pensée de lui raviva une flamme intérieure et éveilla son imagination.

"Peut-être que Luc ne serait pas un bon personnage principal de mon livre d'horreur", murmura-t-elle.

Luttant contre ses désirs et ses obsessions qui la maintenaient prisonnière de son propre esprit, Julie sentait qu'elle devait agir. Elle ne pouvait plus rester confinée dans ce bureau oppressant, entourée de ce qui l'inspirait avant et qui la distrayait maintenant de son objectif initial. "Une retraite…" soupira-t-elle. "Oui, c'est ça un chalet en pleine montagne au bord d'un lac qui va être parfait." Dans un élan de détermination, elle se leva brusquement de sa chaise, laissant derrière elle les pages vierges de son roman inachevé. Elle savait qu'elle devait sortir, s'éloigner de cet environnement suffocant et se perdre dans l'inconnu pour retrouver la clarté de ses pensées.

Avec une volonté nouvelle, Julie saisit son téléphone et commença à taper un message à son éditeur.

*"Salut Marc,*

*J'espère que tu vas bien. J'ai besoin de te faire part d'une décision que j'ai prise. J'ai ressenti l'urgence de m'accorder un petit break pour prendre l'air et changer de décor. Je vais partir en retraite dans mon chalet dans les montagnes pendant quelques jours. J'espère que cet environnement paisible me permettra de me ressourcer et de retrouver l'inspiration. Je sais que nous avons des délais à respecter, mais j'ai vraiment besoin de ce temps pour moi.*

*Je te tiendrai au courant de mon avancement et je ferai de mon mieux pour revenir avec des idées fraîches et des pages captivantes.*

*Merci pour ta compréhension.*
*Julie"*

Les mots prenaient forme sur l'écran, exprimant sa nécessité de s'évader, de trouver un nouveau souffle. Après avoir relu son message, Julie hésita un instant, puis décida de le modifier légèrement pour être plus directe, sans mentionner le blocage créatif.

*"Salut Marc,*

*J'espère que tout va bien de ton côté. Juste pour te prévenir que je vais m'éclipser quelques jours pour mon chalet dans les montagnes. Besoin de prendre l'air pour des raisons personnelles. Je reviendrai bientôt avec de nouvelles idées pour notre projet.*

*À bientôt, Julie."*

Après avoir envoyé les messages, Julie ressentit un mélange de soulagement et d'anticipation. Elle était prête à saisir cette opportunité pour se ressourcer et redémarrer avec un nouvel élan créatif.

Julie se rendit dans sa chambre pour se changer et ouvrit son armoire avec impatience. Elle prit conscience en se regardant dans le miroir que ses sous-vêtements dataient un peu et qu'ils n'avaient rien d'affriolant. Elle avait toujours négligé cette partie-là de son habillement. Une petite voix lui susurrait qu'avec de la lingerie fine elle serait plus désirable et mettrait son sublime corps en valeur. Son amant lui avait offert, pour la Saint-Valentin, un ensemble noir, culotte/brassière, qu'elle n'avait jamais porté, le jugeant trop osé. En déballant le paquet, elle avait rougi, considérant que cela ferait un peu *pute*. Aujourd'hui, elle se sentait prête à l'essayer, ce qu'elle fit sur-le-champ. Le soutien-gorge, en dentelle, remontait légèrement ses seins, qui ressortaient davantage. Troublée par ce premier constat, elle enfila le bas. Elle pouffa en remarquant que l'entrejambe était trop échancré et qu'une partie de sa toison dépassait sur les côtés. Elle s'était souvent contentée de couper sommairement les poils les plus longs sans jamais s'y attarder. Bien décidée à mettre cet ensemble sexy, elle retourna dans la salle de bain pour tailler cette fougère et faire disparaître les pilosités disgracieuses.

Julie se tenait debout devant le miroir, une jambe encore élancée avec grâce sur le comptoir de la salle de bain. Le rasoir, cet instrument de transformation intime, reposait toujours élégamment dans sa main. Chacun de ses gestes était dirigé d'une précision méticuleuse, comme si elle sculptait son propre chef-d'œuvre sur son mont de vénus.

Le rasage complet était désormais achevé, et elle contemplait son jardin secret avec une passion dévorante. La peau était d'une douceur exquise, dénuée du moindre poil indésirable. Ses doigts, empreints de tendresse et de délicatesse, parcoururent chaque centimètre de cette zone fraîchement dénudée. Chaque effleurement créait une délicieuse onde de plaisir qui la submergeait, transformant Julie en une véritable déesse de la séduction.

Le miroir réfléchissait fidèlement son image, mettant en lumière la métamorphose intime qu'elle venait de réaliser avec une attention méticuleuse. Julie se sentait pleinement épanouie, rayonnante de beauté et de confiance en elle-même dans cette nouvelle version de sa féminité. Elle se laissa aller à une série de caresses plus sensuelle, explorant avec une passion enivrante chaque recoin de cette peau fraîchement rasé. Sa respiration s'accéléra, et un sourire de satisfaction, chargé d'une lueur irrésistiblement séductrice, s'étira sur ses lèvres.

Ensuite, elle choisit une tenue qui affirmait son envie de se libérer de ses chaînes mentales, une robe légère et fluide qui flottait autour de son corps, lui procurant une sensation de liberté. Elle enroula une écharpe à son cou, une touche de mystère pour accompagner son escapade. La caresse de la soie lui donna des frissons.

Julie, consciente de la tension électrique qui parcourait son être, savourait chaque frôlement des tissus soyeux contre sa peau. La robe souple épousait ses courbes avec une délicatesse sensuelle, réveillant en elle un feu ardent. Son reflet dans le miroir lui renvoyait l'image d'une femme fatale, prête à succomber à ses fantasmes les plus profonds.

Alors qu'elle sortait de sa chambre, l'étoffe de l'écharpe effleurait son cou, suscitant des frissons qui se propageaient le long de sa colonne vertébrale. Chaque centimètre de sa peau semblait crier famine, en quête de sensations enivrantes. Elle se souvenait à contrecœur de retenir ses pulsions, consciente que cette escapade était destinée à nourrir son esprit créatif plutôt que ses désirs charnels.

# Chapitre 2

Le chalet, niché près de la crête de la montagne, était enveloppé d'une atmosphère mystérieuse et envoûtante. Julie s'avança sur la terrasse, ses pieds nus effleurant le sol de bois usé. L'air frais de la région caressait ses jambes nues, éveillant une sensation de liberté et d'excitation. Par moment, une rafale polissonne s'engouffrait sous sa robe, provoquant des frissons de plaisir. Le paysage qui s'étendait devant elle était à couper le souffle, avec les sommets majestueux qui se dressaient fièrement et le lac scintillant sous les rayons du soleil.

Elle se laissa porter par l'ambiance enivrante du lieu, cherchant à se perdre dans la beauté vierge qui l'entourait. Chaque souffle qu'elle inspirait était imprégné des senteurs de la nature, mariant les effluves de pin et de fleurs sauvages, faisant naître en elle des idées érotiques qui dansaient avec les murmures du vent.

Julie s'installa sur une chaise longue près du lac, laissant ses doigts effleurer l'eau claire qui frôlait la berge. Les ondulations légères créaient une symphonie sensuelle, éveillant en elle une vague de désir. Elle ferma les yeux, s'abandonnant à la douce fraîcheur de la nature qui se mêlait à la musique intime de ses propres réflexions.

Cependant, elle se remémora brusquement de son objectif premier. Elle devait se concentrer sur son roman d'horreur, retrouver cette étincelle d'effroi qui avait animé ses mots par le passé. Elle prit une profonde inspiration, essayant de chasser les pensées érotiques qui la tentaient. Elle savait que ce voyage n'était pas seulement une échappée sensuelle, mais une quête pour raviver la flamme de l'épouvante.

Le cadre enchanteur du chalet aurait dû être une source de créativité, mais après un moment la solitude commença à peser sur ses épaules. Elle se demandait si son imaginaire trouverait un moyen de s'exprimer sans cette présence humaine qui lui manquait tant. Les propositions osées qui affluaient dans son esprit semblaient à la fois excitantes et distrayantes, compliquant encore davantage son travail.

Julie savait que pour écrire son roman d'horreur, elle devait se débarrasser de ces pensées érotiques et se plonger dans un univers de terreur et de suspense.

"Si seulement je n'étais pas seule ici", murmura-t-elle à voix basse, espérant secrètement, que la compagnie d'une autre personne qui aurait le pouvoir de libérer ses instincts et la guider vers ses idées d'écrivaine habituelles. Peut-être que l'exploration de ses désirs et de ses fantasmes serait la clef pour retrouver l'élan créatif qui lui manquait cruellement.

Mais, pour l'heure, Julie était isolée avec ses pensées suggestives et ses aspirations littéraires. Elle décida de se concentrer sur le paysage majestueux qui se déployait devant elle, attendant que cette tranquillité matinale lui apporte une nouvelle perspective pour composer son roman d'horreur et apaiser les tourments de son esprit.

Sans s'en être rendu compte, sa main avait gambadé sur sa jambe, sous sa jupe. Elle se cajolait la cuisse comme si son corps lui-même n'avait rien d'autre en tête que l'assouvissement de ses élans.

Guidée par une curiosité instinctive, la seconde main se déplaçait avec une agilité gracieuse, ses doigts effleurant sa chaire avec une douceur presque impalpable. Chaque contact était une caresse envoûtante, un frisson d'excitation qui faisait naître des vagues de plaisir à chaque endroit où ils se posaient. Les délicats frôlements parcouraient sa peau tel un vent léger, créant un sentiment enlevant qui laissait planer une aura de secret voluptueux. Une force intangible semblait la pousser à l'abandon de tous les sens, éveillant en elle un appétit profond et insatiable. Sans résister à la tentation, elle ouvrit le compas de ses cuisses, savourant la petite brise qui s'engouffrait malicieusement dans ce tunnel naturel.

Ses doigts glissèrent avec une grâce artistique, suivant les courbes de son corps avec une précision presque hypnotique. Les contours fermes de sa poitrine devinrent le terrain de jeux de ses ongles, chaque effleurement provoquait une explosion d'étincelles de délice. La fente entre ses seins était caressée avec une lenteur calculée, chaque contact causait en elle une tension presque intolérable. L'excitation grandissait, la chair de poule s'emparait de chaque parcelle de son corps, faisant naître un désir ardent qui embrasait chaque fibre de son être.

L'exploration continua, chaque toucher étant une promesse de jouissance à venir. Ses doigts dansèrent le long de son cou, traçant un chemin de sensations brûlantes. Lorsqu'ils atteignirent sa carotide, la pression délicate était à la fois érotique et troublante, évoquant un désir mêlé d'une pointe de danger. Une tendre morsure de plaisir traversa son esprit pendant que sa peau réagissait aux stimuli avec une vulnérabilité exacerbée.

Dans cet instant d'abandon, Julie se trouvait suspendue entre réalité et fantasme. Chaque caresse, chaque contact, était une invitation à sombrer dans l'extase de ses propres explorations. Une agréable tension enveloppait l'air, mariant érotisme et mystère dans un tourbillon enivrant.

Une étonnante sensation de perte de contrôle s'emparait d'elle, aggravant son excitation. Ses gestes se faisaient hypnotiques alors qu'elle serra sa gorge d'une pression soutenue, un mélange de douceur et de fermeté qui faisait germer en elle un étrange désir de soumission. Les doigts s'enroulaient autour de sa peau, les ongles qui s'enfonçaient délicatement créant une empreinte sensuelle qui laissait une marque provisoire.

Dans le même temps, l'autre main se glissait le long de sa cuisse avec une énergie captivante. Chaque contact était comme un besoin de sensation renouvelée, une caresse qui faisait naître des frissons, secondée par sa paume qui se referma avec vigueur sur la chair tendre. Les mouvements gracieux et fermes semblaient révéler une soif insatiable, dépassant les limites de sa féminité pour laisser place à une part animale qui sommeillait en elle. Les frontières entre la douceur et la douleur étaient floues, effacées par l'intensité du moment.

Son esprit était imprégné d'une énergie envoûtante, ne connaissant plus rien d'autre que la recherche d'une excitation ardente et d'une satisfaction ultime. Chaque souffle était empreint d'une perte de contrôle, chaque geste devenait une danse enivrante irrépressible. Les perceptions se mélangeaient en un tourbillon tumultueux, créant une symphonie de sensation jusque là inconnue qui la transportait dans un état d'extase presque irréel.

Un ronronnement, aussi doux que sensuel, s'échappait de ses lèvres, évoquant l'expression instinctive d'une féline en chaleur. Ce murmure vibrant ajoutait une dimension envoûtante à la scène, accentuant la fusion entre ses pulsions primaires et ses désirs les plus refoulés. Ses ongles s'enfonçaient avec force dans l'intérieur de sa cuisse, laissant une marque ardente sur sa peau. La perception de douleur mêlée à l'excitation créait un mélange délicieusement troublant.

Dans cette ambiance naturelle, elle se sentait comme une créature sauvage, guidée par ses instincts les plus sombres. Les limites entre le plaisir et la souffrance semblaient s'estomper, laissant place à une expérience sensorielle intense. Chaque mouvement de sa main était telle une danse entre ces deux pôles opposés, créant une symphonie de sensations qui la transportait au-delà de la réalité, et elle en voulait davantage.

L'écho de sa respiration rapide résonnait dans l'air, marquant le rythme effréné de sa montée vers l'orgasme. L'intensité de ses émotions était presque écrasante, la poussant toujours plus loin sur le fil ténu entre l'extase et la libération.

Elle pouvait sentir la dentelle de sa petite culotte humide contre la peau délicate de son sexe, chaque geste faisant glisser le tissu le long de ses courbes avec une caresse intime. Chaque frôlement était comme une invitation à l'exploration, une sensation délicieusement érotique qui éveillait davantage son désir. Les effleurements créaient des picotements électriques sur sa chatte raser, chaque fibre de son être réagissant au contact sensuel. Pour tenter de contrôler l'éruption du volcan qui irradiait son bas-ventre, elle enlisait la main dans son cache-sexe déjà bien imbibé de rosée saline. Happé par l'onctuosité du lieu, son majeur s'aventurait dans la cavité de la fleur, aussi douce qu'un pot de miel. Elle osait, enfin, libérer ses pulsions.

Plus haut, le tissu de sa robe frictionnait ses mamelons durs à la sensibilité exacerbée, faisant naître des perceptions aigües et enlevantes. Les bouts vulnérables se dressaient fièrement, réagissant au moindre effleurement avec une réactivité accrue. Chaque frottement contre la fibre provoquait des frissons de bonheur qui se propageaient le long de sa colonne vertébrale avant d'atteindre chaque terminaison nerveuse de son corps, intensifiant davantage son excitation.

Tout son être était pris dans une parade enivrante qui semblait s'étirer, chaque toucher devenant une expérience presque divine qu'elle voulait perpétue dans le temps. Ses limites entre le plaisir et la réalité paraissaient floues, la plongeant dans un état de conscience altéré où seules les sensations comptaient. Chaque respiration, chaque mouvement, était un pas de plus vers une extase qui apparaissait insaisissable et pourtant si proche.

Bien qu'elle explorait ce territoire interdit pour la première fois, elle ne pouvait s'empêcher de se demander si cette force la guiderait vers un destin extraordinaire ou si elle devrait se résigner à mener une existence secrète, éternellement dissimulée dans les recoins de l'inconnu.

Alors que ses doigts inquisiteurs continuaient leur découverte audacieuse, la passion grandissait en elle tel un feu embrasé. Chaque caresse de ses lèvres réveillait une véritable symphonie d'appréhensions, faisant crochir ses orteils. Le malaxage des remparts de sa cavité attisa les flammes, propageant une chaleur envoûtante de la tête aux pieds. Les frissons se mêlaient aux vagues de mouvement de l'index, la transportant à la frontière d'une fontaine de plaisir qui la poussait toujours plus loin.

Elle se laissait emporter par l'ivresse de l'instant, abandonnant toute retenue et toute inhibition. Les barrières entre la décence et l'impudeur semblaient s'effacer, laissant place à un monde où seules les sensations comptaient. Chaque souffle devenait un rythme effréné, son cœur palpitant en harmonie avec son imagination qui s'enflammait. Submergé par des pulsions ancestrales, son cerveau ne contrôlait plus ses doigts ni ses râlements.

Les gémissements rauques qui s'échappaient de ses lèvres n'avaient plus rien d'humain. Chaque plainte était un cri du corps qui n'aspirait qu'à une seule chose. Les sons étaient une symphonie de sensualité, une expression brute de son besoin insatiable. Les montagnes lui ramenaient en échos les feulements de son plaisir, amplifiant l'étrangeté de la situation.

Dans cet état de délice et d'extase, elle se sentait totalement libérée, offerte à ses instincts primaires. Les sensations l'envahissaient avec une force irrésistible, la conduisant vers un point de non-retour où le plaisir atteignait son paroxysme.

Dans cet état de transe, elle se découvrait une nouvelle liberté, elle commençait à peine à retirer les chaînes des conventions et des limites qui entravaient ses pulsions depuis toujours. À cet instant précis, son esprit s'ouvrait sans retenue à l'image de ses cuisses, guidées par l'instinct et la quête d'une satisfaction totale.

Les frontières entre réalité et fantasme semblaient s'effacer, créant un espace où les désirs les plus profonds prenaient vie. Elle convoitait les secrets de son anatomie, trop longtemps enfouis dans les méandres d'une sexualité bien trop conformiste.

La magie de l'instant se manifestait dans les battements frénétiques de son cœur, dans les frissons qui parcouraient son corps, dans les murmures de plaisir qui s'échappaient de sa bouche. Elle se laissait emporter par cette force mystérieuse, se permettant de perdre le contrôle et conduire l'exploration vers des sommets inconnus.

Les doigts, enfin entre chaire et dentelle, s'étaient mis à valser telle une ballerine sur la pointe des pieds, prospectant chaque repli de ses désirs les plus secrets. Les sensations se mêlaient en une danse sensuelle et enivrante, créant un rythme qui lui était propre, la rapprochaient de l'avènement rechercher.

Dans un élan de passion, sa main relâcha son emprise sur sa gorge pour s'empoigner férocement l'extrémité de son sein. Ses ongles s'enfonçaient légèrement dans sa peau, provoquant un cri d'extase ardent. Un sourire grisant s'afficha sur ses lèvres, témoignant de l'intensité de ses émotions. La dualité de douceur et de douleur se chevauchait tels des amants sans limites, plus rien n'existait à part son propre plaisir.

Ses sens s'embrasaient alors que la chaleur montait en elle, consumant chaque parcelle de son être. Dans un geste instinctif, elle lâcha son sein pour empoigner le bras de la chaise, ses doigts se crispant autour du bois. Ses lèvres mordues cherchaient à étouffer les gémissements qui menaçaient de s'échapper hors de contrôle, prolongeant ainsi l'extase qui la submergeait. Chaque seconde semblait s'étirer, chaque sensation était savourée avec une intensité dévorante, dans une quête insatiable du premier orgasme.

Ce tableau énigmatique était un hymne à la liberté sexuelle et à l'exploration des désirs les plus extrêmes. Les instincts primaires de l'écrivaine se mêlaient à l'imagination débridée, créant une symphonie exaltante d'émotions et de ressentis. C'était un véritable voyage vers l'extase, où elle ne voulait qu'une chose, la satisfaction ultime.

Dans cette expérience troublante, elle découvrait une facette d'elle-même, une part cachée qui attendait d'être révélée. Elle craignait que cette exploration la mène vers de nouveaux horizons, où les fantasmes les plus secrets se transformeraient en inspiration pour des récits plus audacieux.

Le monde réel s'effaçait alors qu'elle plongeait dans un royaume de sensations débridé. Ce moment envoûtant resterait gravé dans son esprit, alimentant son désir de vivre pleinement, d'écrire avec passion et de se laisser guider par l'élan irrépressible de son être. Sans la moindre pudeur, elle n'était pas régie par les conventions ni les tabous.

Alors que l'excitation atteignait son paroxysme et que l'orgasme était à portée de main, un bruit strident perça l'air, interrompant brutalement ses rêveries sensuelles. Son téléphone portable se mit à sonner, rompant le charme ensorcelant qui l'entourait. Elle ressentit une pointe d'exaspération mêlée d'irritation face à cette intrusion inopportune. La réalité la rappelait à l'ordre, même si elle aurait préféré prolonger cet état de félicité érotique.

Elle prit une profonde inspiration, se résignant à l'idée que l'appel pouvait être important. D'un geste délicat, elle replaça sa jupe avec soin, retrouvant un semblant de décence. Chancelante, elle se leva de la chaise et s'éloigna de la scène tentatrice du lever de soleil et se dirigea vers l'intérieur du chalet. Le feu couvait toujours entre ses jambes et il lui tardait de souffler sur les braises pour le ranimer.

Le bruit persistant de la sonnerie résonnait dans ses oreilles, rappelant à quel point il était difficile de s'évader totalement de la réalité. Alors qu'elle franchissait la porte, elle sentit une légère frustration mêlée à une pointe de curiosité. Quelle était l'urgence qui l'avait dérangée à un moment si inopportun?

Elle saisit son téléphone d'une main impatiente, espérant que cette interruption ne serait pas vaine. Le numéro affiché sur l'écran suscitait un mélange de méfiance et d'anticipation. Elle décida de répondre, consciente que ce pourrait être une opportunité ou une nécessité urgente.

Revenant à la réalité, elle fit un dernier regard nostalgique vers le paysage enchanteur qui l'avait captivée, puis entra dans le chalet. Les murmures des désirs inassouvis se taisaient temporairement, remplacés par le tintement de sa voix alors qu'elle répondait à l'appel qui avait osé la perturber dans un moment si intime.

Sa conscience oscillait entre l'impatience de retourner à ses fantasmes et la nécessité de s'occuper des affaires du monde réel. Elle savait qu'elle devait saisir cette opportunité, quel que soit son impact sur son état d'esprit érotique. Après tout, il était essentiel de trouver l'équilibre entre l'univers des désirs et celui des responsabilités.

Elle referma doucement la porte du chalet derrière elle, s'éloignant momentanément de l'extase sensuelle qui l'avait captivée. Prenant une profonde inspiration, elle se prépara à affronter les défis du quotidien, en gardant toujours une étincelle de ce mystère énigmatique dans un coin de son esprit.

Quelle que soit l'importance de l'appel, elle savait que les émotions et les élans qui l'avaient envahie ne seraient pas facilement oubliés. Elle était prête à répondre à la réalité, mais elle ne pouvait s'empêcher de se demander si, au fond d'elle-même, une part d'elle continuerait à vibrer au rythme des désirs ardents qui l'avaient momentanément étreinte.

La scène se fondit dans l'horizon, laissant place à une nouvelle aventure, entre rêve et réalité, où les désirs érotiques et les responsabilités s'entremêlent dans une danse complexe.

"Oui, allo," répondit Julie, son souffle toujours haletant, mêlé à une pointe d'excitation héritée de ses pensées sulfureuses.

"Oui, allo, Julie," répondit une voix sensuelle de l'autre côté de la ligne.

"À qui ai-je l'honneur de parler?" demanda-t-elle, surprise de ne pas reconnaître la voix chaleureuse qui l'intriguait.

"Oui, oui. Désolé, c'est Romano, le nouvel associé de la maison d'édition," répliqua-t-il.

Sans répondre, Julie se contenta de humer, essayant de se ressaisir de l'émoi qui l'avait enveloppée.

"Je ne vous dérange pas, j'espère?" s'enquit-il, voyant que Julie réagissait à peine.

"Un peu. Disons que je suis, hum… en plein travail. C'est pour cela que j'ai choisi de me retirer dans cette retraite d'écriture," précisa-t-elle.

"Justement, je vous appelais pour savoir où vous en étiez avec votre nouveau roman," déclara Romano, laissant entendre son intérêt.

Julie prit une profonde inspiration pour se recentrer sur la conversation qui la ramenait à la réalité. Son cœur, battait toujours à un rythme effréné, témoignant de l'effet persistant des émotions érotiques qui l'avait envahie. Elle se rappela que la publication de son roman était une priorité et que cette interruption pouvait être une opportunité de partager son avancée.

"En fait, je suis en plein processus de création, mais j'ai encore du travail à accomplir. Je suis dans une phase exploratoire, à la recherche de l'essence même de mon histoire. Je souhaite créer quelque chose d'unique, de captivant." Expliqua Julie, cherchant les mots justes pour exprimer sa vision.

Romano écoutait attentivement, manifestant un intérêt croissant pour le travail de Julie.

"Je comprends tout à fait votre démarche. Vous avez toujours su captiver les lecteurs avec vos histoires intrigantes et vos personnages passionnants. Je suis impatient de découvrir votre nouveau roman et de le présenter à notre maison d'édition," déclara-t-il avec un ton empreint de sincérité.

L'échange avec Romano raviva la flamme de l'ambition chez Julie. Elle se sentait à la fois intriguée et inspirée par cette nouvelle collaboration. Bien que l'interruption ait brisé l'enchantement sensuel qui l'habitait auparavant, elle réalisa que cette conversation pouvait être une étape importante dans la concrétisation de son projet littéraire.

"Je vous remercie de votre soutien, Romano. Je vais redoubler d'efforts pour avancer dans mon travail. J'ai hâte de vous présenter les fruits de ma création," déclara-t-elle avec détermination.

La discussion se prolongea, nourrie par l'excitation de l'échange créatif. Julie prit conscience que même si elle devait temporairement mettre de côté ses élans érotiques, le monde de l'écriture lui offrait une multitude de possibilités pour explorer les désirs et les passions de ses personnages.

Elle raccrocha finalement, renouvelée dans son engagement à poursuivre son roman. Le paysage féérique du lever de soleil l'attendait toujours, prêt à l'inspirer dans ses futurs écrits. Elle reprit sa chaise, laissant ses doigts reprendre leur danse sur le clavier, prête à donner vie à un univers envoûtant et à transmettre les émotions qui la tourmentaient.

Cependant, ses mains demeuraient immobiles, figées par une sorte de paralysie créative. Elle fixait l'écran de son ordinateur, toujours aussi pur et immaculé, semblable à la première neige de l'hiver. Un râle d'exaspération lui échappa alors qu'elle jetait un coup d'œil par la fenêtre, où quelques minutes auparavant elle s'était laissée aller à ses instincts.

Cet appel avait été comme une douche froide sur ses élans passionnés. Elle devait trouver une idée pour son roman d'horreur, se dit-elle. Son regard se fixa sur le lac, observant les vagues caresser doucement la rive sans aucune contrainte. Un soupir de désespoir fusa de ses lèvres alors qu'elle détournait finalement les yeux.

Après un moment à fixer l'écran, elle se laissa tomber sur le dossier de la chaise, étirant ses bras en l'air dans un geste d'abandon. "Allez, Julie, t'es capable. Il suffit que tu trouves un filon, comme d'habitude." Murmura-t-elle, tentant de se convaincre elle-même. Cependant, ses propres paroles semblaient avoir du mal à la persuader.

La frustration grandissait en elle, se mêlant à une pointe d'incertitude. Elle se sentait perdue, cherchant désespérément l'étincelle de créativité qui lui permettrait de donner vie à son roman. Les idées semblaient fuir, laissant un vide béant dans son esprit. Elle se demandait si elle était en train de perdre son talent, si son inspiration s'était évanouie pour de bon.

Le silence du chalet devenait oppressant, amplifiant ses doutes et ses peurs. Les mots refusaient de prendre forme dans son imagination, et elle se sentait impuissante face à cette page blanche qui se dressait devant elle. Un mélange de découragement et de frustration s'emparait de son être, menaçant de l'engloutir entièrement.

Elle prit une profonde inspiration, essayant de se recentrer. Elle savait qu'elle devait trouver un moyen de surmonter cet obstacle, de dénicher cette idée qui lui ouvrirait de nouvelles perspectives. Son regard se posa à nouveau sur le paysage à l'extérieur, cherchant la créativité dans les formes mouvantes du lac et les nuances changeantes du ciel.

"Je ne peux pas abandonner. Je suis capable de surmonter cela," se répéta-t-elle avec détermination. Les mots sonnaient creux dans l'air, mais elle refusait de se laisser submerger par le doute. Elle savait que l'écriture était sa passion, son refuge, et qu'elle devait continuer à explorer les recoins sombres de son imagination pour trouver le filon qui la mènerait vers son prochain chef-d'œuvre.

Avec une lueur de résilience dans les yeux, Julie se redressa dans la chaise et retourna à son ordinateur. Elle savait que le processus créatif était parfois semé d'embûches, mais elle était prête à affronter ces défis. Elle commença à taper sur le clavier, laissant les mots prendre forme lentement, cherchant le frisson de l'horreur qui la ferait vibrer à nouveau.

Fermant les yeux dans une tentative de concentration, Julie sentit un frémissement parcourir son corps, mais cette fois-ci, ce n'était pas l'étincelle de l'inspiration qui l'animait. Ses lèvres vibraient d'un désir inassouvi, un besoin ardent d'être embrassée.

Les mots semblaient se perdre dans les méandres de son esprit, incapables de trouver leur chemin vers la page blanche. À la place, les pensées étaient envahies par une envie sensuelle qui la submergeait. Elle se laissa aller à l'intensité de ce désir, savourant chaque instant de cette passion dévorante.

Les images érotiques qui avaient flotté dans son esprit précédemment refirent surface avec encore plus de force, alimentant ce feu qui brûlait en elle. Les souvenirs des émotions ressenties auparavant se mêlaient aux fantasmes qui prenaient forme dans son imagination.

Le besoin d'une caresse, d'un baiser langoureux se faisait de plus en plus pressant. Elle pouvait presque sentir la chaleur d'une étreinte passionnée, l'excitation des lèvres contre les siennes. Le parfum de la tentation emplissait l'air, rendant sa respiration plus irrégulière.

Julie savait qu'elle devait se recentrer sur son travail, sur la recherche de cette idée qui lui échappait encore. Mais dans cet instant, son esprit était envahi par un désir brûlant qui demandait à être assouvi. Les mots semblaient s'effacer devant la puissance de cette pulsion.

Elle prit une profonde inspiration, essayant de calmer les battements frénétiques de son cœur. Elle se rappela qu'elle était une écrivaine, une créatrice de mondes, et que la passion qui brûlait en elle pouvait être canalisée dans ses mots. Elle devait trouver un moyen de fusionner l'érotisme et l'écriture, de capturer cette intensité sur la page.

La préoccupation s'installa dans l'esprit de Julie alors qu'elle se rendait compte qu'elle n'avait que deux mois pour compléter son roman d'horreur. Le temps pressait et elle n'avait pas encore écrit une seule ligne. Pire encore, elle ne semblait pas avoir trouvé l'idée ni le concept central de son histoire.

Le poids de cette réalité s'abattit sur ses épaules, créant une tension palpable. L'urgence de la situation la submergeait, amplifiant son inquiétude grandissante. Comment pouvait-elle espérer terminer son roman à temps si elle n'avait même pas une idée solide à développer?

Julie regarda autour d'elle, en quête d'inspiration. Les murs du chalet qui l'entouraient paraissaient se refermer sur elle, comme pour la rappeler à la pression qui pesait sur ses épaules. Le paysage enchanteur qui l'avait initialement inspirée semblait maintenant un rappel constant de son propre blocage créatif.

Elle prit une profonde inspiration, essayant de chasser l'anxiété qui montait en elle. Elle savait qu'elle devait trouver une solution, un éclair de génie qui lui permettrait de donner vie à son roman. Mais pour l'instant, son esprit était un désert aride, dépourvu de toute idée fertile.

Ses doigts glissèrent sur les touches du clavier, mais aucun mot ne s'afficha à l'écran. Elle se sentait comme une naufragée sur une île inhabitée, cherchant désespérément une bouée de sauvetage pour échapper à cette impasse littéraire.

Les jours défilaient rapidement, et chaque heure perdue était une pression supplémentaire qui pesait sur ses épaules. Elle ressentait un mélange de frustration et de panique, se demandant si elle serait capable de relever ce défi en si peu de temps.

Julie savait qu'elle devait trouver l'inspiration quelque part, même si cela signifiait explorer les recoins les plus sombres de son esprit. Elle avait toujours été attirée par les histoires d'horreur, fascinée par le frisson qu'elles provoquaient. Mais maintenant, elle se sentait comme une actrice sans scénario, cherchant désespérément son rôle dans cet univers de terreur.

Une lueur d'espoir brilla au fond de ses yeux alors qu'elle se rappela une citation qu'elle avait lue autrefois : "Le courage est de ne pas abandonner malgré la peur." Elle devait faire preuve de courage et persévérer, même si la tâche semblait insurmontable.

Elle décida de s'accorder une pause, de se libérer de la pression constante qui l'étouffait. Elle prit une promenade solitaire dans les environs, laissant son esprit vagabonder librement. Peut-être que dans ces moments de calme et de quiétude, l'idée tant attendue viendrait à elle.

Alors qu'elle marchait dans la nature, les pensées tourbillonnaient dans sa tête. Elle observait les arbres majestueux, les ombres qui dansaient sur le sol, cherchant un indice, un élément qui pourrait déclencher l'étincelle créative.

Soudain, un frisson la parcourut de la tête aux pieds. Une idée, tel un éclair dans la nuit, illumina son esprit. Les pièces du puzzle commencèrent à se mettre en place, formant une trame, un concept captivant pour son roman d'horreur.

Le soulagement envahit Julie alors qu'elle réalisait qu'elle avait trouvé la voie à suivre. Les mots commencèrent à s'écouler dans son esprit, les personnages prirent vie et l'intrigue se dessina devant elle. Elle savait qu'elle avait encore un long chemin à parcourir, mais maintenant, elle avait une direction claire.

Revenant au chalet, elle s'installa devant son ordinateur, les doigts prêts à donner vie à son histoire. Elle avait deux mois pour la compléter, c'était l'heure de relever le défi avec détermination et passion.

La route serait semée d'embûches, mais elle avait trouvé la force de surmonter son blocage initial. Elle savait que la création d'un roman d'horreur ne se ferait pas sans effort, elle devait se plonger dans les profondeurs de son imagination, à explorer les recoins les plus sombres de l'âme humaine pour captiver ses fans.

Ainsi, Julie se lança dans cette nouvelle aventure, animée par une lueur d'espoir retrouvée. Avec chaque mot écrit, elle se rapprochait de la réalisation de son roman d'horreur, imaginant pour un moment ses lecteurs, frissonnez d'effroi et d'anticipation à chaque page tournée.

Les heures avaient passé et Julie n'avait pas arrêté une seconde de pianoter sur le clavier, laissant les mots s'écouler à travers le cliquetis incessant des touches. Elle était entièrement absorbée, emportée par le flot de sa créativité. Cependant, ce n'est qu'au moment où elle relut ses pages pour la première fois depuis son immersion totale dans l'écriture qu'elle réalisa avec stupeur que son histoire d'horreur avait déviée vers un récit ou un jeu de domination et de soumission était au cœur de l'intrigue.

Les lignes qu'elle avait tracées sur l'écran étaient chargées de sensualité et de désir, bien loin de l'intention originale de son roman. Elle se trouvait face à une épopée érotique inattendue, témoin des dérives de son esprit sous l'influence de l'appel téléphonique de l'inconnu au timbre envoûtant.

Le ton sensuel de cette voix avait insidieusement trouvé sa place dans son histoire, influençant les développements de l'intrigue et les interactions entre les personnages. Julie se sentait comme une étrangère dans son propre corps, face à son écran. Elle lisant une narration qui avait été écrite par une écrivaine en proie à une frénésie sexuelle quelle ne reconnaissait pas.

Un sentiment de confusion l'envahit, mêlé à une pointe de colère dirigée vers elle-même. Comment avait-elle pu perdre le contrôle de son récit de cette manière? Comment avait-elle pu se laisser distraire et détourner de son objectif initial?

Elle relut les passages charnels, chaque mot évoquant des images suggestives et des scènes passionnées. Il était indéniable que son écriture était fluide et captivante, mais cela ne correspondait pas à l'histoire d'horreur qu'elle s'était fixée comme but. La voix sensuelle de l'inconnu avait imprégné ses pensées et guidé sa plume d'une manière qu'elle n'aurait jamais pu anticiper.

Julie ressentit un mélange d'embarras et d'inquiétude. Elle était confrontée à un choix difficile : soit, elle retravaillait son récit pour le ramener dans le domaine de l'horreur, soit elle embrassait cette nouvelle direction et acceptait le défi d'écrire une histoire érotique envoûtante. Les deux options semblaient lourdes de conséquences et requéraient une réflexion approfondie.

Elle se demanda si cette déviation inattendue était peut-être une opportunité déguisée, une occasion de se lancer dans un genre littéraire différent et de tester ses propres limites en tant qu'écrivaine. Mais elle savait aussi que cela signifierait abandonner son objectif initial et peut-être décevoir les attentes de ses lecteurs.

Perdue dans ses pensées, Julie réalisa qu'elle était à la croisée des chemins. Elle devait prendre une décision et faire face aux conséquences qui en découleraient. Quelle que soit la voie qu'elle choisirait, elle savait qu'elle devait être fidèle à elle-même et à son écriture.

Avec un soupir résolu, Julie ferma les yeux un instant pour trouver la clarté dans son esprit. Elle était une écrivaine passionnée et talentueuse, capable de naviguer à travers les méandres de la création littéraire. Quelle que soit l'orientation qu'elle emprunterait, elle le ferait avec confiance et conviction. Cependant, elle devait faire un ultime effort pour respecter ses engagements.

Elle rouvrit les yeux, prête à affronter à nouveau ce défi, consciente que les heures passées à écrire n'avaient pas été perdues, mais plutôt une exploration audacieuse de son imagination et de sa sensualité. Elle se leva de sa chaise, déterminée à donner à son récit la direction qui lui semblait la plus authentique.

Qu'il s'agisse d'horreur ou d'érotisme, Julie embrasserait cette nouvelle voie avec passion et créativité. Après tout, c'était son histoire à écrire et elle était prête à accepter le défi, peu importe, où cela la mènerait.

Le téléphone sonna à nouveau. Cette fois si elle reconnut le numéro. C'était le même qui l'avait dérangé. D'un ton agacé, elle répondit. "Oui Romano? Tu es conscient que ça fait deux fois que tu me coupes dans mon inspiration..." "Oui, oui. Je suis terriblement navré. Cependant, j'ai oublié de te demander quel va être le sujet du roman." Nerveuse, elle répondit simplement. "Ça va être torride." "Ça va, quoi?"

Julie sentit la panique monter en elle alors que Romano lui demandait de dévoiler le sujet de son roman. Son esprit s'agita frénétiquement à la recherche d'une réponse plausible. Comment pouvait-elle lui dire que tout son travail jusqu'à présent portait sur une histoire érotique? Et pire encore, comment pouvait-elle expliquer qu'elle avait inclus son nom en tant que personnage principal?

Dans un état de nervosité croissante, Julie chercha désespérément une solution. Son regard se posa sur une photographie d'un vieux manoir accrochée au mur. Une idée germa dans son esprit. Elle décida de réorienter son récit vers un roman d'horreur gothique, en utilisant le manoir comme toile de fond.

"Le sujet de mon roman sera un manoir mystérieux et hanté," répondit-elle d'une voix incertaine. "Une histoire où les secrets sombres du passé se mêlent à l'érotisme interdit."

Il y eut un moment de silence à l'autre bout du fil. Julie se demandait si sa réponse suffirait à satisfaire la curiosité de Romano. Elle espérait qu'il n'insisterait pas pour en savoir plus de peur de révéler la véritable nature de son écriture.

"Un manoir hanté, dites-vous?" Romano semblait intrigué. "Cela peut être très intéressant. J'attends avec impatience de lire ce que vous avez créé."

Un soupir de soulagement s'échappa des lèvres de Julie. Elle avait réussi à détourner l'attention et à sauver la situation. Mais elle savait qu'elle devait désormais se plonger dans la réécriture de son roman, en adaptant les éléments érotiques pour mieux correspondre à son nouveau concept.

Après avoir raccroché, Julie prit quelques instants pour se calmer. Elle savait que cela ne serait pas une tâche facile, mais elle était déterminée à transformer son récit érotique en une histoire d'horreur gothique captivante.

Les heures défilaient, le ciel se parait de teintes rosées et orangées alors que le soleil entamait sa descente derrière les montagnes. Julie quitta la chaise longue avec une grâce féline, se délectant de la sensation de l'herbe fraîche sous ses pieds nus. Le vent caressait délicatement sa peau, lui rappelant les frissons de plaisir qui avaient parcouru son corps tout au long de la journée.

Elle s'engagea sur le chemin qui menait au chalet, les rayons du soleil jouant à cache-cache à travers les branches des arbres environnants. La lumière tamisée créait une atmosphère mystique, comme si la nature elle-même était complice de ses pensées secrètes.

Arrivée devant la porte d'entrée, Julie inspira profondément, imprégnant ses poumons de l'air pur de la montagne. Elle fit glisser ses doigts sur le bois rêche de la porte, sentant la rugosité sous ses paumes, un contraste saisissant avec la douceur de sa peau. La clef tourna dans la serrure avec un cliquetis satisfaisant, révélant l'intimité de son refuge.

Elle pénétra à l'intérieur, où une douce pénombre régnait. Les meubles en bois sombre se dressaient fièrement, ajoutant une aura de mystère à l'atmosphère. Les rideaux semi-transparents laissaient filtrer les derniers rayons du jour, créant une danse d'ombres sensuelles sur les murs.

Julie se dirigea vers sa chambre, où un lit à baldaquin trônait au centre. Les draps en satin rouge reposaient avec élégance sur le matelas moelleux, invitant au repos et à la rêverie. La pièce était imprégnée d'une fragrance envoûtante, mélange subtil de fleurs sauvages et de bois précieux.

Elle retira délicatement sa robe légère, laissant le tissu glisser le long de son corps et tomber en un amas soyeux à ses pieds. La caresse de l'air sur sa peau nue amplifiait ses sensations, faisant naître une pulsion d'excitation au plus profond d'elle-même. Julie s'approcha du lit et s'y allongea, s'enveloppant dans les draps luxueux.

Les voiles du baldaquin encadraient son corps, créant un cocon intime où elle se sentait protégée. Les lumières tamisées baignaient la pièce d'une aura sensuelle, rendant chaque recoin mystérieux et propice aux fantasmes. Elle ferma les yeux, laissant son esprit s'abandonner aux rêveries les plus érotiques, espérant que cette nuit de repos apaiserait son esprit tourmenté.

Lentement, le sommeil commença à la saisir, enveloppant son être d'une douce torpeur. Dans cet état intermédiaire entre réalité et rêve, Julie se laissa emporter par les images érotiques qui dansaient dans son esprit, se promettant de les explorer davantage une fois qu'elle aurait fini d'écrire son roman.

La nuit avançait, et Julie se perdait peu à peu dans les abysses de ses désirs les plus secrets. Loin de la pression de l'écriture, elle trouva refuge dans un monde où les fantasmes prenaient vie, où la luxure et la terreur s'entremêlaient dans une danse enivrante. Le sommeil, bienveillant complice, la guiderait vers de nouvelles sources d'inspiration, vers des récits qui feraient frémir les âmes audacieuses.

Et ainsi, bercée par la magie de son abri nocturne, Julie s'abandonna aux bras tendres de Morphée.

# *Chapitre 3*

Julie s'éveilla à moitié perdue, submergée par une confusion terrifiante. Les contours flous de sa réalité semblaient s'estomper dans les ténèbres qui l'entouraient. Elle ouvrit les yeux, mais la lumière qui parvenait à pénétrer cet endroit lugubre ne faisait qu'accentuer l'atmosphère malsaine qui régnait. Autour d'elle, les murs de briques noircis paraissaient suinter d'une humidité visqueuse, tandis que des ombres dansantes projetaient des formes grotesques et déformées sur les surfaces délabrées.

La ruelle, étroite et tortueuse, semblait être un décor directement sorti de l'un de ses cauchemars les plus sombres. Des flaques d'eau stagnante reflétaient une lueur faible et tremblotante, créant une ambiance fantomatique qui donnait l'impression que des yeux invisibles la scrutaient depuis les coins les plus obscurs. Des objets brisés et abandonnés gisaient çà et là, tels des vestiges de désespoir laissés par d'autres âmes égarées.

Elle sentit un frisson lui parcourir l'échine, alors que des murmures inaudibles paraissaient flotter dans l'air immobile. Les murs semblaient se rapprocher, comme s'ils s'efforçaient de l'engloutir dans cette réalité cauchemardesque. Julie cligna des yeux à plusieurs reprises, espérant se réveiller de cette étrange torpeur, mais la dureté du sol glacé contre son dos lui rappela que ce n'était pas un simple rêve.

Un éclat de frayeur traversa son esprit lorsque le souvenir surgit : cette ruelle sinistre était issue d'une scène de son dernier roman à succès, une scène qu'elle avait imaginée pour faire frissonner ses lecteurs, mais certainement pas pour l'englober elle-même. Elle se redressa précipitamment, sentant son pouls s'accélérer alors que la question se creusait dans sa créativité tourmentée : comment avait-elle pu passer des pages de son livre à cet endroit cauchemardesque?

Un mélange de curiosité morbide et de terreur la poussa à se lever et à explorer les environs. Chaque coin obscur semblait contenir une promesse d'horreur inimaginable. Son propre subconscient paraissait s'être matérialisé dans ce lieu lugubre, et elle ne pouvait s'empêcher de se demander si elle était vraiment éveillée ou si elle était prisonnière d'un rêve dont elle ne pouvait s'échapper.

Elle se pinça violemment le bras, ressentant la douleur aigüe du geste, confirmant ainsi sa lucidité. Pourtant, comment pouvait-elle être étendue sur un amas de sacs à ordures au fond d'une ruelle qui n'existait que dans les coins les plus sombres de son imagination tourmentée? Ses pensées tournoyaient dans un labyrinthe de perplexité et de terreur alors qu'elle luttait pour comprendre la réalité déformée qui l'entourait.

La peur et le doute s'entrelaçaient dans son âme, tandis qu'elle se demandait si les barrières entre le réel et le fictif avaient finalement cédé. Cette situation effrayante remettait en question tout ce en quoi elle avait cru, tout ce qu'elle avait écrit, et la nature même de sa créativité. Dans ce coin sombre et oppressant, Julie était confrontée à ses démons les plus profonds, à la fois dans son œuvre et dans son esprit tourmenté.

Dans un réflexe brutal, Julie tenta de se lever en s'appuyant sur l'un des sacs à ordures cabossés près d'elle. Cependant, l'atmosphère cauchemardesque se transforma soudainement en une terreur plus palpable lorsqu'une ombre sembla jaillir du mur de pierre à ses côtés, la griffant violemment au niveau du biceps. Le choc la fit basculer en avant, et ses mains atterrirent dans une flaque d'eau sale et poisseuse. Son regard s'éleva lentement pour découvrir l'origine de cette attaque brutale.

Devant elle se dressait une créature ténébreuse, un spectre en forme de loup-garou, sa silhouette noire comme de l'encre contrastant avec les recoins sombres de la ruelle. Ses contours semblaient se dissoudre dans l'obscurité ambiante, donnant l'impression qu'il n'était qu'un être de cauchemar sorti de l'encre d'une imagination macabre. Ses yeux luisaient d'une lueur maléfique, et ses griffes acérées apparaissaient prêtes à déchirer tout ce qui se mettrait en travers de son chemin.

Julie n'eut que le temps de fermer les paupières et de baisser la tête, espérant échapper à une nouvelle attaque. Cependant, au lieu du coup attendu, elle fut surprise par les rugissements et les grognements de mécontentement qui émanèrent de la créature. La tension dans l'air sembla se briser, et lorsque Julie rouvrit lentement les yeux, elle vit la silhouette du loup-garou s'éloigner rapidement, disparaissant dans les ténèbres de la ruelle.

Ses mains tremblantes immergées dans l'eau sale, elle regarda son reflet vaciller dans les ondulations légères. Ses cheveux étaient ébouriffés, sa robe en lambeaux laissant à découvert une poitrine à moitié couverte, créant une image burlesque et désolée. La confusion se mêla à l'horreur dans son esprit déjà bouleversé. Où diable avait-elle atterri? Les éléments familiers et étranges s'entrecroisaient, brouillant les frontières entre la fiction et la réalité.

Juste au moment où elle tentait de rassembler ses pensées, une botte boueuse vint perturber sa contemplation en éclaboussant son visage. La sensation froide de l'eau souillée la ramena brutalement à la réalité, et Julie leva les yeux pour découvrir un personnage tout aussi inattendu. Une silhouette menaçante se tenait là, avec une botte crasseuse plantée dans la flaque d'eau près d'elle.

L'homme ou la créature — elle ne pouvait pas en être sûre dans ce contexte étrange — portait une aura sinistre. Les détails de son apparence semblaient se fondre dans l'obscurité, mais elle pouvait discerner une expression dure sur son visage. Une lueur de défi brûlait dans ses yeux, et même si Julie était encore étourdie par tout ce qui venait de se passer, elle sentit l'instinct de survie se réveiller en elle, mélangeant sa peur avec une détermination inattendue.

L'homme fixa Julie avec un regard pénétrant, sa voix empreinte de rudesse, résonnant dans les recoins sombres de la ruelle. "Étais-tu avec ce cauchemar sur deux pattes?" demanda-t-il d'une manière directe, ne laissant guère de place à l'équivoque.

Secouée, mais déterminée, Julie se releva, tentant de lisser la robe qu'elle portait, une robe qu'elle n'avait jamais vue auparavant. Elle se concentra sur le nettoyage, évitant son interlocuteur, incapable de soutenir son regard intimidant. Alors qu'elle s'apprêtait à répondre par la négative, ses mots furent interrompus par une poigne brutale autour de sa gorge. Contre le mur de briques décrépites, elle se sentit piégée et vulnérable.

Le regard intense de l'homme, ses iris jaune brillant dans l'obscurité comme ceux d'un félin la transperçaient. Malgré l'étau de sa prise, malgré la situation étouffante, une lueur de passion étrange semblait émaner de ce regard, comme s'il portait en lui une aura mystérieuse qui attirait et repoussait en même temps.

Les yeux de Julie ne se dérobèrent pas. Elle soutint ce regard pénétrant, sa respiration s'accélérant non pas de peur, mais d'une inexplicable excitation. Ses sens semblaient aiguisés, sa conscience hyper-focalisée sur cet homme qui la tenait captive. Elle osa, agripper son avant-bras musclé, ressentant la tension de ses muscles, la pression de sa prise autour de sa nuque, semblait exprimer bien plus qu'une simple question.

La tension dans l'air était palpable, un jeu silencieux de pouvoir et de défi. Leurs regards étaient ancrés l'un dans l'autre, chacun essayant de sonder les profondeurs inexplorées de l'autre. Julie ne ressentait pas seulement la peur, mais aussi des palpitations intenses, une énergie étrange qui l'avaient poussée à répondre d'une manière inattendue. Sa voix, douce et sensuelle, finit par s'échapper de ses lèvres : "Non, je n'ai jamais vu cette créature auparavant."

Le visage de l'homme se relâcha légèrement, et sa poigne desserra son étreinte autour de sa gorge, la libérant de sa prise oppressante. "Tant mieux," répondit-il d'une voix désinvolte, comme s'il n'avait jamais douté de sa réponse. "Je n'aurais pas voulu devoir éliminer une créature aussi ravissante que toi."

Julie porta sa main à sa nuque, massant doucement les muscles endoloris là où la poigne de l'homme avait laissé sa marque. Son cœur battait rapidement, et même si elle avait échappé à la menace directe de l'inconnu, elle sentait encore l'énergie électrique qui circulait entre eux. La ruelle sombre était imprégnée d'une atmosphère chargée de tension et de mystère, où la frontière entre la réalité et l'imaginaire semblait de plus en plus floue.

Julie murmura à elle-même, "Ça ne peut pas être réel." Elle le fixa, alors qu'ils se tenaient tous deux dans l'obscurité de la ruelle nocturne. Ses cheveux longs et ébouriffés donnaient à l'homme un air grunge, presque motard. La lumière de la lune faisait briller quelques mèches argentées dans sa chevelure sombre.

Revêtu d'une veste en cuir usée, ornée de patchs et de clous, il portait un jean déchiré qui laissait entrevoir des genoux marqués par l'expérience. Des bottes en cuir montantes complétaient son look, ajoutant une touche d'autorité à sa silhouette dans l'obscurité.

D'un geste fluide, il sortit un Zippo de la poche de sa veste, alluma une cigarette qu'il tenait entre ses lèvres et exhala une bouffée de fumée parfumée. Cette gestuelle avait quelque chose d'incroyablement séduisant et provocateur.

Il ressemblait en tous points à son héros dans ses romans, à une exception près. Jamais elle n'en avait fait un fumeur. Elle hésitait à lui demander son nom, quand il se retourna et lui tendit une cigarette d'un paquet élimé, ses cheveux longs et sombres légèrement ébouriffés par la brise nocturne.

"T'en veux une?" demanda-t-il, le visage à moitié caché par l'ombre des ruelles sombres.

Julie ne savait pas quoi répondre, dans un léger cafouillage verbal, elle finit par dire, "Oui."

"Je présume qu'il ne reviendra pas cette nuit, la chasse est finie pour ce soir." Dit-il d'une voix rauque, en allumant la cigarette à la bouche de Julie, révélant son regard perçant et mystérieux, illuminé par la lueur du briquet.

L'homme, prenant une bouffée de la cigarette, regarda Julie avec curiosité. Une lueur d'intrigue dans ses yeux jaune brillant. "T'es pas du coin, hein?" Réitéra-t-il d'une voix gutturale, la fumée s'échappant lentement de sa bouche. "Sinon, tu saurais que ce n'est pas prudent de s'aventurer la nuit dans les rues de la ville."

Julie se contenta de faire un petit son de négation, un léger murmure presque inaudible, tout en hochant la tête. Sa gorge était sèche, et elle sentait le goût amer du tabac flotter dans l'air. Que pouvait-elle répondre de plus? Elle se trouvait dans une situation étrange, ne sachant ni où elle était ni comment elle était arrivée ici.

Voyant l'hésitation de Julie, l'homme s'approcha lentement, ses bottes de motard émettant un léger grincement sur le sol en béton. Il se tenait maintenant à quelques pas d'elle, et son regard perçant semblait fouiller son âme en quête de réponses. D'une voix plus douce, il poursuivit : "As-tu quelque part où crécher?"

Julie était du genre réservé, évitant soigneusement les bars et encore moins les sorties nocturnes. Ses pires cauchemars étaient toujours décrits la nuit dans ses romans, et elle préférait largement le confort de son chez-soi à l'obscurité des ruelles. Cependant, aujourd'hui, elle se retrouvait dans une ruelle glauque en présence du sosie en chair et en os du personnage de ses romans.

Étrangement attirée par lui, elle se sentait partagée. Elle ne savait pas si elle devait lui faire confiance ou fuir en courant. Pour la première fois depuis plus de dix ans, une cigarette se trouvait entre ses lèvres, allumée par cet homme énigmatique qui se tenait devant elle. Le goût de la nicotine mêlé à l'excitation de la situation la plongeait dans un état de confusion presque hypnotique.

Dans cette ruelle sombre, Julie pouvait sentir la chaleur de l'individu se rapprocher à une portée de baiser. Elle fixa ses lèvres, ressentant l'ardeur monter en elle, un désir brûlant qui ne demandait qu'à être satisfait. D'un ton sensuel, il se présenta. "Je m'appelle Temujin. Et toi, c'est quoi?"

Julie plongea son regard brûlant dans celui de son interlocuteur, captivée par la danse de ses lèvres sensuelles. Ses pensées érotiques prenaient le dessus, laissant place à un désir ardent de fusionner leurs bouches dans un baiser torride, une onde électrisante de passion. L'excitation montait en elle, faisant naître des fantasmes audacieux.

À l'instant où elle pensait qu'il allait enfin succomber à cette tentation enivrante, il se détourna légèrement, prolongeant l'agonie délicieuse. Sa voix, chargée de promesses inavouées, murmura sensuellement, "Quoi qu'il en soit, tu as le choix : m'accompagner ou rester ici. À toi de voir."

Sortant Julie de sa rêverie sensuelle, elle répliqua, "Euh, mon nom c'est Julie." Sans un mot de plus, elle se précipita pour agripper la main de Temujin, qui, surpris par ce geste, haussa un sourcil en jetant un regard rapide à la femme qui se collait contre son bras.

Les rues et ruelles s'étiraient devant elle, familières comme si elle les avait arpentées pendant des décennies. C'était tellement précis qu'on aurait dit qu'elle avait extrait chaque détail de cette ville d'encre directement des pages de ses romans, une reproduction minutieuse de l'univers qu'elle avait créé.

Les enseignes des boutiques, à moitié effacées, semblaient avoir survécu à l'épreuve du temps, révélant des noms à peine lisibles dans l'obscurité qui enveloppait les rues étroites. Les façades des bâtiments étaient marquées par les cicatrices du temps, des fissures sombres traversant la pierre grise. Les fenêtres étaient encadrées par des rideaux de dentelle en lambeaux, ajoutant une touche de macabre à l'ensemble. Les motifs délicats étaient maintenant des toiles d'araignée qui ondulaient faiblement dans la brise, dessinant des ombres inquiétantes.

L'air stagnant était imprégné d'une odeur de moisi et de pourriture, créant une atmosphère oppressante qui semblait être gorgée de mystères et de secrets longtemps enfouis. Les ruelles, qui auraient pu être jadis animées par la vie trépidante des personnages de ses romans, paraissaient maintenant plongées dans un silence éthéré. Là où autrefois les protagonistes se croisaient, se disputaient, et s'aimaient, il n'y avait plus que le murmure du vent et le doux écho de souvenirs figés dans le temps.

Les histoires qui avaient jadis embrasé ces ruelles semblaient suspendues dans une éternelle attente. Les amours passionnées, les conflits épiques, les intrigues tordues, tout était actuellement enveloppé d'une aura de mystère et d'oubli. Les personnages qui avaient une fois arpenté ces pavés avaient l'air d'avoir disparu, emportant avec eux leurs espoirs et leurs désirs.

La ville, telle qu'elle l'avait imaginée dans ses écrits, était devenue un mélange étrange de réalité et de fiction. Elle se tenait au cœur de ce paysage irréel, sentant la présence fantomatique de ses propres créations littéraires. La moindre intersection était imprégnée d'une mélancolie poignante, rappelant à quel point le pouvoir de l'écriture pouvait donner vie à un monde, mais aussi le figer dans une éternelle solitude.

Elle était transportée dans son propre univers, marchant au milieu de cette réplique décrépite de son imagination. Chaque pas était une redécouverte, chaque coin de rue un élément de son récit qui prenait vie sous ses yeux. C'était comme si sa créativité avait pris forme dans la réalité, et elle se sentait à la fois émerveillée et troublée par cette expérience unique.

Prenant un tournant à l'une des intersections, ils s'engagèrent dans une rue encore plus lugubre, une rue qui avait toujours éveillé en Julie un sentiment de terreur profonde. À cet instant, elle fut submergée par une ambiance cauchemardesque qui semblait émaner de chaque recoin de ce lieu maudit. Les rues étroites étaient bordées de bâtiments décrépits, leurs façades noircies par le temps et la crasse, comme si elles avaient absorbé les ténèbres qui planaient sur cette voie oubliée.

Les réverbères, à l'éclairage terne et vacillant, ne faisaient que renforcer l'atmosphère sinistre. Leurs éclats faiblards jetaient des ombres inquiétantes sur les pavés irréguliers et usés par les années, créant un jeu d'ombres et de lumières qui donnait vie à l'horreur même.

Chaque pas résonnait comme un écho sinistre dans cet environnement macabre, un écho qui semblait porter les murmures des âmes tourmentées qui avaient peut-être autrefois hanté ces ruelles.

C'était l'une des rares rues que Julie avait toujours évitée, même dans ses récits. Quelque chose à propos de cette voie l'avait toujours maintenue à l'écart, comme si son instinct créatif avait détecté une présence maléfique qui planait ici. Chaque bâtiment semblait contenir des secrets inavoués, chaque coin d'ombre dissimulait des horreurs indicibles. Julie se sentait prise au piège dans un cauchemar éveillé, regrettant profondément d'avoir choisi ce chemin maudit. Une tension oppressante pesait sur elle, et elle ne pouvait s'empêcher de se demander ce qui l'attendait au bout de cette rue.

Les rares passants, des silhouettes anonymes enveloppées de manteaux sombres, semblaient éviter tout contact visuel, comme s'ils avaient quelque chose à cacher. Cette ruelle évoquait un mélange de désolation et de terreur, un décor digne des cauchemars de Julie. Accompagnée de Temujin, elle ne pouvait s'empêcher de se demander dans quel cauchemar elle avait bien pu plonger.

Julie fixa le nom inscrit sur l'affiche suspendue à un lampadaire antique en fer forgé. Ses yeux déchiffrèrent les mots avec une fascination mêlée d'effroi : "Rue des Désirs Refoulés." Le frisson qui la parcourut semblait provenir des profondeurs de son âme, comme si cette rue avait le pouvoir de réveiller des désirs obscurs qu'elle avait toujours préféré taire.

Les lettres de la pancarte semblaient briller d'une lueur étrange, comme si elles étaient imprégnées des secrets enfouis de ceux qui avaient osé s'aventurer dans cette rue maudite. Julie ne pouvait s'empêcher de se demander quelles histoires obscures se cachaient derrière ce nom troublant, et pourquoi elle avait choisi de suivre cet individu en dépit de son instinct timide.

Une aura de mystère planait sur la "Rue des Désirs Refoulés," et Julie était désormais aux portes de l'inconnu, prête à découvrir ce que cet endroit énigmatique lui réservait.

Julie, se sentant étrangement en sécurité au côté de Temujin, se demandait si ce monde était bien réel. L'homme qui l'accompagnait ressemblait en tous points à son héros, jusqu'à porter le même nom. Cette étrange coïncidence la plongea dans un état de perplexité mêlé d'excitation. Où l'entraînait cet homme mystérieux qui semblait tout droit sorti de l'une de ses propres histoires d'horreur?

## Chapitre 4

Après un moment à marcher dans les rues sombres, Temujin, qui n'avait pas dit un mot tout le long du chemin, s'arrêta brusquement et dit d'une voix grave : "Nous sommes arrivés."

Julie, légèrement anxieuse, mais intriguée par le mystère de la soirée, lissa rapidement sa robe légère et jeta un coup d'œil autour d'elle. Elle pouvait lire sur une pancarte de bois à l'aspect vétuste le nom "Le Labyrinthe des Ombres". Un frisson parcourut son échine. Que diable était cet endroit?

L'endroit était plongé dans une semi-obscurité, seulement éclairé par la lueur tamisée des lampes murales en fer forgé. Les murs semblaient être en pierre brute, donnant à l'endroit un air lugubre et mystérieux. Une mélodie de jazz feutrée, jouée par un groupe quelque part dans l'arrière-salle, flottait dans l'air, ajoutant une touche de sensualité à l'atmosphère.

Devant l'entrée, un videur imposant, presque aussi large qu'une armoire à glace, se tenait, les bras croisés, surveillant l'entrée avec un air menaçant. Il jeta un regard scrutateur à Temujin, comme s'ils se connaissaient depuis longtemps puis s'écartèrent, pour laisser l'accès à la porte d'entrée. D'un ton rauque, il salua Temujin d'un simple "Salut, Temujin." Puis, son regard curieux se porta sur Julie, toujours accrochée au bras de l'homme énigmatique. Puis, d'un ton plus doux, laissant transparaître son intrigue, il la salua en disant, "Madame."

Derrière les deux portes closes, un couloir sombre et étroit déboucha sur une grande pièce à l'atmosphère chargée de sensualité. L'endroit semblait surgir d'une époque révolue, un mélange étonnant de l'ancien cabaret glamour et d'un bar de strip-tease animé. Cette fusion créait une ambiance mystérieuse et électrisante.

Les lumières tamisées, suspendues au plafond bas, projetaient des ombres dansantes sur les murs ornés de tentures écarlates et de rideaux en velours noir. L'ambiance était saturée de désir et de mystère, alimentée par les rires étouffés et les murmures suggestifs des clients qui étaient là pour se perdre dans le spectacle envoûtant.

Des rangées de tables en bois sombre étaient disposées devant la scène, occupées par une clientèle avide de plaisir charnel. Les danseuses, envoûtantes et provocantes, se mouvaient avec une grâce sensuelle, vêtues de costumes affriolants qui laissaient peu de place à l'imagination. Leurs mouvements suggéraient une sexualité brûlante, et elles utilisaient des accessoires comme des plumes, des chaînes dorées et des gants de soie pour éveiller les fantasmes les plus profonds de leurs spectateurs. Certaines mimaient l'acte sexuel en projetant leur bassin vers l'avant ou en suçant leurs doigts.

Sur la scène circulaire surélevée au centre de la pièce, les danseuses se déshabillaient lentement, avec une grâce exquise, tout en exécutant des danses enivrantes.

Leurs corps sculpturaux semblaient défier la gravité, attirant l'attention avide de la foule. Les mouvements étaient à la fois sensuels et provocants, chaque geste étant calculé pour susciter la montée du désir.

La musique ensorcelante, un mélange de jazz sombre et de rythmes séducteurs, accompagnait parfaitement les performances enlevantes. Les danseuses avaient une présence magnétique, leur regard hypnotisant chaque spectateur, les invitant à se perdre dans l'ivresse du moment.

Des chaises rembourrées en cuir étaient soigneusement alignées autour de la scène, occupées par des clients impatients dont les regards brûlaient d'anticipation. L'air était saturé de désir, d'excitation et de la fragrance captivante des parfums les plus aphrodisiaques.

Dans cet endroit envoûtant, chaque détail éveille la sensualité. Les danseuses, des créatures d'une beauté irrésistible, se déplacent avec une grâce ensorcelante. Leurs corps sculpturaux ondulent au rythme de la musique, réveillant tous les rêves enfouis. Leurs costumes audacieux mettent en valeur chaque courbe, laissant peu de place à l'imagination. Chaque mouvement est une invitation à la passion, chaque regard est une promesse de plaisir. L'air est saturé de fantasme, de tentation et de luxure. C'est un lieu où les sens s'enflamment, où chaque moment est une expérience sensuelle, un appel à succomber aux pulsions.

Julie, toujours accrochée au bras de Temujin, sentit son pouls s'accélérer alors qu'elle s'immergeait dans cette atmosphère électrisante et sensuelle. Où diable Temujin l'avait-il conduite?

Tandis que Temujin s'approchait du barman, Julie le suivait discrètement, son regard toujours hypnotisé par la femme magnifique qui se tenait sur la scène. Cette danseuse ensorcelante éveillait en elle des désirs profonds et secrets, créant une tension électrique dans l'air épais du bar.

Les courbes parfaitement dessinées de la danseuse, moulées dans sa lingerie en dentelle noire, semblaient être une invitation à la luxure et à la tentation, suscitant des émois indomptables chez Julie. Les cheveux noirs de la danseuse, effleurant sa peau satinée, semblaient appeler au toucher, à l'exploration sensuelle de l'inconnu. Bien qu'étant hétéro, elle se sentait attirée par cette diablesse de femme. C'était la première fois qu'elle ressentait une telle émotion.

Les yeux profonds de la mystérieuse danseuse semblaient sonder l'âme de Julie, découvrant ses désirs les plus enfouis, créant un lien magnétique entre les deux femmes. Chacun des mouvements gracieux de la créature exotique, exécutés avec une sensualité hypnotique, laissait échapper des soupirs à peine audibles, comme une mélodie enivrante qui murmurait à l'oreille Julie.

Le parfum envoûtant qui enveloppait la danseuse était une combinaison enivrante de fleurs tropicales et de notes sucrées, stimulant les sens de Julie davantage. Dans cette atmosphère chargée de fantasmes, la danse de la séductrice ensorcelait l'audience, faisant monter le désir à des sommets inexplorés. Le visage écarlate de certains spectateurs trahissait l'état d'excitation dans lequel ils se trouvaient. En apnées, ils fantasmaient sur cette beauté. Un vieil homme, la bouche grande ouverte, frôlait l'infarctus à chaque fois que la sublime créature agitait sa croupe callipyge devant son regard globuleux.

Cette femme dans le bar de danseuses était bien plus qu'une simple artiste, elle était une déesse de la séduction, une promesse de plaisir interdit qui attendait que quelqu'un, comme Julie, ait le courage de s'approcher et de se laisser emporter dans un tourbillon de passion et d'extase.

Julie détourna son regard de la scène envoûtante pour se concentrer sur les paroles du barman qui répéta : "Et vous, je vous sers quoi?" Elle observa l'homme âgé après frotter une boîte à bière. Son visage était marqué par le temps et l'expérience, témoignant de nombreuses nuits passées à servir des clients assoiffés.

"Eh... Je vais prendre la même chose que lui," répondit-elle en pointant Temujin du doigt.

Le tavernier interpella un autre tenancier pour passer la commande en disant : "Donne-moi un "Burnout", et puis Temujin, la chasse a été bonne cette nuit?"

Temujin sortit deux billes grises d'un vieux verre renfermant une fumée en mouvement, puis les déposa sur le comptoir tout en répondant : "J'en ai attrapé que deux. J'étais sur les traces d'un troisième lorsque je suis tombé sur cette créature perdue au beau milieu des ruelles," dit-il en pointant discrètement Julie du regard.

Le barman ramassa les deux billes et les glissa dans un tube en verre qui passait à travers le comptoir, emportant les sphères avec un bruit de succion. "Dehors à cette heure, tu dis? Encore heureux qu'elle soit encore en vie. Les jumeaux auraient croisé Rox, l'un des chasseurs, qui aurait été pris au piège sur l'aile nord de la ville. Tout ce qui en restait était quelques membres en lambeaux, paraît-il." Commenta-t-il d'un ton sombre.

Temujin, quant à lui, conserva son attitude désinvolte, comme s'il était habitué à l'endroit et n'accordait aucun intérêt particulier aux corps dénudés des danseuses. Il semblait détaché de l'ambiance sensuelle qui régnait autour de lui, se concentrant davantage sur la conversation avec le barman et les nouvelles du monde extérieur. Ce comportement nonchalant ajoutait une touche de secret à son personnage, laissant planer un voile d'intrigue sur ses motivations et son passé.

Julie reçut sa boisson, et la première lampée brûla sa gorge, attirant son attention sur la clientèle du bar. Chaque individu semblait être un mercenaire en pause, s'amusant avant de repartir à la chasse. Les visages étaient marqués par la dureté de leur vie, et les conversations murmuraient des histoires de contrats et de créatures traquées.

Dans une partie plus reculée du bar, séparée par un voile transparent, les ombres dansaient, révélant des actes de domination et de soumission. Le jeu d'ombre et de lumière créait une atmosphère à la fois érotique et troublante, accentuée par les bruits suggestifs qui laissaient peu de doute sur les activités qui s'y déroulaient. Des murmures de plaisir et de consentement se mélangeaient aux ombres mouvantes, créant une ambiance enivrante pour ceux qui osaient s'aventurer dans cette partie du bar. Parfois, un râle de plaisir couvrait la musique. Dans un coin obscur de l'établissement, une femme, entièrement nue, chevauchait un homme avachi sur un canapé. Comme un métronome, le postérieur de la fille montait et descendait en cadence sur le pivot de chair de son partenaire.

De l'autre côté, à l'opposé, quelques tables de jeu étaient à moitié désertes, animées par des parties de cartes sporadiques. Les joueurs se lançaient des regards suspicieux, se demandant si leurs adversaires avaient des atouts cachés ou des intentions secrètes.

L'atmosphère du bar était électrique, mêlant le désir sensuel, le mystère des ombres érotiques et l'excitation des jeux de hasard. Chaque coin de l'établissement semblait cacher ses propres secrets, et Julie se retrouvait plongée dans un monde où les apparences étaient trompeuses, où les plaisirs interdits étaient à portée de main pour ceux qui oseraient les explorer.

Un vieil homme, visiblement ivre, surgit de l'obscurité comme une ombre. Son haleine empestait l'alcool, et sa démarche chancelante trahissait les excès de la nuit. D'un ton lubrique et salace, il lança à Julie : "Eh bien, beauté, ça te dirait un petit tour du côté du rideau? Tu m'as l'air d'avoir un bras habile pour le maniement du martinet."

Les paroles obscènes de l'homme résonnaient dans l'atmosphère déjà audacieuse du bar, créant une tension palpable. Julie, surprise et mal à l'aise, recula instinctivement, se blottissant contre le côté de Temujin.

Le vacarme de chaises grinçantes et de verres qui s'entrechoquent bruissait en arrière-plan, rappelant que chaque coin de l'établissement était rempli de mercenaires, de chasseurs, et de créatures dont les motivations restaient mystérieuses.

Temujin, quant à lui, réagit d'un ton sec, portant sa main vers son dos, prêt à dégainer une arme en cas de besoin. Ses paroles avaient une résonance autoritaire alors qu'il déclarait : "Elle ne travaille pas ici. Allez dégage, elle est avec moi."

L'atmosphère était électrique, chargée de danger à chaque coin, où les apparences pouvaient être trompeuses, et les interactions, potentiellement dangereuses. L'homme, mécontent de cette intervention, s'éloigna en maugréant, tout en lançant un regard mêlé de désapprobation et d'excuses à Temujin. S'il avait su qu'elle était à lui, il n'aurait jamais osé faire une telle proposition.

Temujin tourna son regard vers Julie et dit d'un ton assuré : "Habituellement, les femmes qui viennent ici sont fougueuses et consentantes pour s'encanailler, mais ne crains rien, ils n'oseront pas t'embêter tant que tu es avec moi."

Le barman, manifestement décidé à poursuivre la conversation, ajouta : "Et bon nombre de ces femmes, rêvent que Temujin les prenne. Mais il est du genre insaisissable, comme une ombre furtive, difficile à attraper."

"Tu ne chercherais pas à te taper notre chasseur vedette par hasard?" Cette question, lancée d'une voix moqueuse, d'un autre individu assis non loin d'eux. Julie se figea lorsque la demande narquoise retentit près d'elle. Elle tourna la tête pour découvrir un spécimen basé à proximité, qui semblait s'amuser de sa présence. La question, bien que formulée de manière taquine, résonna dans l'air comme une révélation inattendue. Comment pouvait-on insinuer une telle chose. Une sensation de malaise grandit en elle, tandis que les regards curieux des autres clients autour semblaient peser sur elle.

Julie essaya de balbutier une réponse, mais ses mots se perdirent dans sa gorge serrée. Elle se contenta finalement d'un sourire gêné, elle décida de ne pas se laisser démonter et tenta de détourner la question, par une autre question. "Pourquoi? Tu crois que toi tu aurais plus de chance?"

Cette réponse, de toute évidence, surprit l'homme, le laissant momentanément sans voix. L'attention du public avait été captivée, et il semblait guetter avec impatience la suite de cet échange intrigant.

Julie décida de se prêter au jeu et revint à la charge sans laisser à l'individu le temps de répondre. "Il est peut-être le chasseur vedette, mais rien ne dit qu'il saurait dompter un animal sauvage comme moi." Le défi était lancé, et elle venait de mettre son sauveur dos au mur devant tout le monde, créant une tension palpable dans l'air.

Tournant son regard provocateur en direction de Temujin, Julie remarqua l'expression sur son visage. Elle comprit immédiatement qu'elle l'avait déstabilisé à la limite mise dans l'embarras.

Sa posture et sa gesticulation changèrent instantanément, exposant son inconfort. Il se sentit obligé de réagir pour sauver la face, car la réputation avait une grande importance dans cette ville, et il ne pouvait pas laisser la situation lui échapper.

Temujin scrutait les environs, son regard balayant la scène de droite à gauche, révélant une tension palpable dans l'air. Soudainement, comme s'il était possédé par une force irrépressible, il saisit le poignet de Julie avec une fermeté qui fit battre le cœur de cette dernière. Il la souleva du sol avec une aisance impressionnante, la basculant sur son épaule avec une douceur étonnante pour quelqu'un d'aussi autoritaire. Son ton était impérieux lorsqu'il déclara : "Il est incontestablement l'heure pour les petites filles de grandir, et il te faudrait une tenue plus appropriée si je dois te garder à mes côtés."

Julie, prise de court par cette prise en main inattendue, chercha à protester, mais ses mots étaient empreints d'une vulnérabilité qu'elle ne pouvait cacher. "Hé, attends… De quoi tu parles..."

Sans la moindre hésitation, Temujin lui administra une claque sur les fesses, sa main claquant contre sa peau avec une fermeté calculée, créant un mélange de sensations électrisantes et d'indignation. "Arrête de jouer à l'enfant gâté et de te tortiller, nous partons chez moi."

Sous le claquement sec qui résonna sur son postérieur, Julie laissa échapper un cri de surprise mêlé d'indignation, mais son visage trahissait un soupçon d'excitation cachée au plus profond d'elle-même. Ses lèvres s'entrouvrirent, prêtes à protester avec véhémence : "C'est tout ce que tu as? Relâche-moi, espèce de brute." Cependant, en secret, son être tout entier espérait ardemment sentir à nouveau la paume de sa main s'abattre sur son cul.

Elle pouvait toujours sentir une légère chaleur émaner de cette simple correction, un doux picotement avait surgi, éveillant une vitalité sensorielle qui lui était jusqu'alors inconnue. Entre ses cuisses, une volonté inattendue commençait à pleurer de désir. Elle souhaitait ressentir sa chair mordre la sienne avec encore plus de zèle.

Mordant ses lèvres, elle espérait qu'il réagisse, mais rien ne se produisit.

Temujin, avec une compréhension rapide des aspirations de Julie, fit un pas déterminé vers l'arrière du comptoir. Les rires de l'auditoire semblaient s'estomper alors qu'il les ignorait, se concentrant exclusivement sur la femme qu'il portait sur son épaule. Ses doigts effleurèrent brièvement sa hanche, comme s'il voulait la rassurer par ce simple contact avant de s'aventurer dans l'inconnu. D'un geste de la main, il salua la foule enthousiaste, comme s'il disait au revoir à une partie de sa vie passée. Puis, il franchit la porte qui s'ouvrit sur un corridor obscur et interminable, un passage mystérieux dont elle ne savait pas où il conduisait.

Julie, toujours perchée sur son épaule, était à présent enveloppée dans un silence relatif, ignorant les cris d'encouragement et les applaudissements qui semblaient lointains. Son impatience grandissait, presque palpable, et elle ne pouvait s'empêcher de demander d'une voix vibrante d'anticipation : "C'est tout?" Mais ses mots ne révélaient qu'une partie de ses pensées. Elle reprit avec une pointe d'incertitude : "Et on part comme ça?"

Il répondit simplement : "Oui!"

"Tu peux me déposer par terre!" supplia-t-elle, sa voix empreinte de désir.

Avec un mélange d'insouciance et de fermeté, il répliqua : "Non."

Les sourcils de Julie se froncèrent, mais elle ne pouvait cacher l'excitation qui courait dans ses veines. "Comment ça, non! Je sais toujours marcher, tu sais!"

Il ne put s'empêcher de sourire légèrement, un sourire taquin et provocateur qu'elle ne pouvait pas percevoir, mais qu'elle pouvait sentir dans le ton de sa voix. "On ne laisse pas un animal sauvage en liberté, il pourrait vouloir s'échapper."

Sous l'effet de ses mots taquins, il avait piqué Julie au vif, et elle se débattait, cherchant à se libérer de son étreinte. Ses mouvements étaient empreints d'une énergie fébrile, mais Temujin resserra sa prise sur ses cuisses avec fermeté pour éviter qu'elle ne tombe au sol.

# Chapitre 5

Le voyage avait été long et éprouvant. Julie, toujours allongée sur l'épaule musclée de Temujin, commençait à ressentir la fatigue. Ses coudes reposaient sur le dos large de Temujin, son menton était soutenu par ses mains. Elle avait compris que se débattre était inutile face à la force brutale de ce chasseur aguerri. Leur conversation fut brusquement interrompue par des cris terrifiants provenant de l'extérieur, empreints du mystère de la nuit. Temujin leur indiqua que cela devait être le fait d'infortunés qui avaient osé sortir en pleine nuit pour des raisons diverses, et qui avaient sûrement croisé des ombres semblables à celles auxquelles Julie avait failli être la proie.

Notre romancière avait eu plusieurs questions au début du parcours et chaque réponse ne faisait que renforcer ses doutes. Elle se trouvait inexplicablement plongée dans l'univers de ses propres romans. Comment n'avait-elle pas encore découvert cela? Pourquoi cela demeurait-il un mystère plus grand encore... mais ce monde était indéniablement réel, chargé de magie, et elle savait pertinemment qu'il ne s'agissait pas d'un simple rêve. La correction qu'elle avait ressentie, s'abattant sur elle comme une morsure dans sa chair, l'aurait sans aucun doute réveillée. Cependant, certains détails divergeaient de la création qu'elle avait soigneusement imaginée. À commencer par les rues qu'elle n'avait jamais foulées, le bar sensuel qui ne correspondait en rien à son tempérament ou à sa personne. Se voilait-elle à nouveau la face? Tout comme cette série de livres nichée dans un univers macabre, presque invisible à ses yeux? Ses désirs et fantasmes récents ne concordaient pas avec l'image qu'elle avait d'elle-même. Les menottes sur la couverture, les fessées correctives n'étaient-elles que l'expression d'une petite partie de ses instincts, suivant la même voie que ce repaire de débauche? Les mouvements langoureux de la créature onirique, en se déhanchant sur la barre, avaient éveillé quelque chose en elle.

Elle ne se reconnaissait plus et avait l'étrange sensation que ses désirs fuyaient, comme des rivières débordant de passion. Les mots crus et les actes audacieux qui remplissaient cet endroit, si choquants autrefois, étaient devenus une mélodie envoûtante à ses oreilles. Comment pouvait-elle être attirée par la résonance sensuelle du terme "maître" ou pire encore, le mot "salope" qui l'avait toujours fait bondir de colère? Avait-elle perdu pied, égarée dans un monde de plaisirs interdits?

Dans la vie de tous les jours, ces mots semblaient offensants, dépourvus de sens. Cependant, ici, ils prenaient une tout autre dimension, une intonation mystérieuse qui leur donnaient une signification profonde, une aura érotique. L'écrivaine au langage pondéré, la femme à la sexualité normalisée, devenait une courtisane avide d'interdits pour assouvir ses pulsions les plus torrides.

Le mystère qui imprégnait chaque coin de cet endroit l'attirait comme un aimant, et elle commençait à se demander si peut-être elle avait trouvé une facette d'elle-même qui, jusqu'alors, avait été enfouie dans l'ombre.

La position du missionnaire, pourtant si conventionnelle, semblait déplacée au sein de cet environnement d'audace. Cependant, d'une manière surprenante, elle n'inspirait ni décadence ni abus. Après une profonde réflexion et une méditation sur tout ce qu'elle avait observé, Julie ressentait une étrange sensation de respect émanant de ces ébats. C'était à l'opposé de tout ce à quoi elle était habituée. Cela ressemblait davantage à un jeu consenti, où l'un se donnait volontairement à l'autre, et l'autre acceptait la soumission de sa partenaire. Dans cette perspective d'analyse, une idée la frappa soudainement, une évidence subtile. Qui, dans ce jeu, détenait réellement le contrôle : la personne qui dominait ou celle qui se soumettait? Elle n'en était pas certaine, mais une seule chose était claire : elle était irrésistiblement attirée par la soif d'expérimenter de nouveaux trucs.

Julie se mit à réfléchir profondément. Elle se demanda si les différentes parties de cette ville mystérieuse ne représentaient pas en réalité les aspects de ses désirs refoulés. C'était comme si cette cité énigmatique était une manifestation de son monde intérieur, une sorte de reflet de ses pensées les plus secrètes et de ses fantasmes inavoués. Cette idée lui vint à l'esprit lorsqu'elle songea au nom du long couloir que Temujin lui avait mentionné : le "Sentier Refoulé et Oublié". C'était comme si ce nom était un indice, une invitation à explorer les parties cachées de son propre être, à redécouvrir des aspects d'elle-même qu'elle avait préféré ignorer ou enterrer. La ville énigmatique devenait ainsi une métaphore de son monde intérieur, un endroit où elle pouvait parcourir les recoins les plus sombres et les plus secrets de son âme.

Depuis quelque temps, ses désirs refoulés émergeaient à la surface, prenant le contrôle de son corps et exigeant son attention à tout moment. C'était comme si ces désirs avaient trouvé un moyen de s'exprimer dans ce monde mystérieux. Ils se manifestaient avec une intensité nouvelle, créant en elle une urgence à les explorer et à les comprendre. La carapace qui retenait, dans un coin de son cerveau ses fantasmes les plus tabous, venait de se craqueler sous la pression de sa libido trop longtemps contenue

Les images du jeu de domination et de la correction la hantaient, alimentant le feu de sa curiosité. Pourtant, c'était elle qui avait lancé l'invitation à y jouer. Cette curiosité ardente avait trouvé en elle une source d'inspiration, un désir profondément enfoui qui prenait vie dans cet univers mystérieux.

Chaque scène, chaque acte sensuel qui se déroulaient dans son esprit éveillaient en elle une passion insoupçonnée. L'idée de prendre le contrôle, de se soumettre était devenue un jeu enivrant, une étreinte enflammée de désirs inavoués.

Julie se laissait emporter par ces pensées troublantes, explorant les limites de sa propre sensualité. Loin des conventions de la vie quotidienne, elle se plongeait dans ces jeux de pouvoir et de soumission avec une intensité inattendue. C'était sa propre invitation à l'inconnu, qu'elle avait exprimé à haute voix et secrètement en demandant à être dominée, en choisissant consciemment de se soumettre.

Elle était à la fois l'instigatrice et la muse de cette aventure sensuelle, chaque instant de cette exploration devenant un chapitre dans le livre de ses fantasmes les plus intimes. La ville énigmatique était le théâtre de son éveil, un lieu où les frontières entre le désir et la réalité s'estompaient, laissant place à une passion dévorante et à une réflexion de soi des plus captivantes.

Temujin la tira de ses pensées en s'arrêtant devant une porte et en annonçant : "Nous sommes arrivés." Il tourna la poignée et pénétra dans la pièce. Un sourire illumina le visage de Julie quand elle découvrit le numéro de l'adresse. Dans ses histoires, elle n'avait jamais emprunté le corridor par lequel elle venait d'arriver, ignorant ce qui se cachait de l'autre côté, jusqu'à aujourd'hui. Pourtant, elle était bien consciente d'avoir délibérément choisi le chiffre soixante-neuf pour le numéro de la porte de l'appartement qu'elle connaissait très bien.

# Chapitre 6

En pénétrant dans l'appartement, Julie fut frappée par la fidélité des détails à ceux qu'elle avait décrits dans ses romans. Le lieu était un mélange étrange entre ordre et désordre, laissant transparaître l'empreinte d'un homme vivant seul depuis bien longtemps. Un soupçon de style western flottait dans l'air, imprégnant l'espace de cette ambiance particulière. Les fenêtres étaient habillées de plaques de métal, donnant l'impression d'un monde chaotique où des êtres ténébreux régnaient en maîtres la nuit.

Au centre de la pièce trônait un foyer, éclairant chaleureusement l'atmosphère. À l'autre bout, un lit double majestueux occupait une place centrale. Ses draps semblaient tout droit sortis d'un rêve éveillé, invitants et prometteurs. La dualité entre le foyer qui apportait la chaleur et le lit qui assurait l'apaisement créait une harmonie étrange, mais envoûtante.

Tout autour, des éléments paraissaient raconter l'histoire d'un homme qui avait vécu dans cet espace pendant des années. Des étagères chargées de livres et d'objets étranges occupaient les murs, chacun portant son propre passé. Des peintures sombres et envoûtantes donnaient une touche artistique à l'ensemble, créant une ambiance à la fois captivante et intrigante. C'était un lieu où les mystères et les passions semblaient danser de concert, où l'inattendu était la norme.

Temujin avança d'un pas sûr, se rapprochant du lit. Sa voix, profonde et séduisante, donnait l'impression de caresser l'atmosphère. "C'est ici que tu descends," souffla-t-il à son oreille. Un frisson d'anticipation parcourut la peau de Julie alors qu'il la fit basculer avec une grâce fluide, l'allongeant délicatement au centre du lit. Les draps soyeux semblaient l'envelopper d'une promesse sensuelle, et une tension électrique imprégnait l'air, chargé d'excitation.

Temujin fit volte-face, se dirigeant vers le foyer. Il décrocha la bouilloire en fonte, suspendue à un bras de fer forgé, tandis que le feu crépitait avec une lueur suggestive. D'une voix rauque, il lui murmura : "Prendrais-tu un café?"

Julie, se redressant légèrement sur le lit, arborait un sourire provocant, ses yeux pétillants de désir. "Tu n'étais pas censé me dominer?" répondit-elle d'une voix douce, mais chargée de sous-entendus. L'air était imprégné de la promesse d'une nuit pleine de surprises, où les rôles et les désirs se mêleraient dans une danse passionnée.

Temujin ne répondit pas, sa silhouette se découpant dans la lueur du foyer. Il attrapa une chemise bien trop grande et un jean soigneusement plié sur ce qui semblait être une étagère improvisée pour ses vêtements. D'un air décontracté, il lui lança les vêtements en disant d'une voix assurée : "Tiens, ceci devrait t'aller."

Julie attrapa les vêtements, son visage reflétant une pointe de déception. Elle les observa avec un air faussement contrarié, puis releva les yeux vers Temujin en disant, d'une voix légèrement taquine : "Mais, mais… Je croyais que…"

Temujin actionna le bras de la pompe à eau sans la moindre once d'intérêt dans son attitude. Son visage restait imperturbable, sans le moindre signe de désir ou d'excitation. Il remplissait la bouilloire d'eau sans même jeter un coup d'œil à son invitée, créant ainsi un contraste saisissant avec l'atmosphère chargée de tension sensuelle.

Julie, en revanche, semblait être totalement dans son élément. Elle glissa hors du lit avec une grâce envoûtante. Ses gestes étaient empreints de cette sensualité qui la caractérisait, et elle prit tout son temps pour se dévêtir. Elle jeta un regard furtif autour du loft, mais ne trouva aucune autre pièce pour se changer, alors elle décida de le faire sur place.

Julie fit glisser sensuellement les bretelles de son haut le long de ses bras, laissant la soie caresser sa peau alors qu'elle révélait la douce courbe de sa nuque et la lisière de ses sous-vêtements. Elle tourna le dos à Temujin, consciente de chaque mouvement qu'elle effectuait et de l'effet que cela avait sur lui.

Pendant ce temps, Temujin, tout en remplissant la bouilloire, ne pouvait s'empêcher d'observer discrètement chaque geste de Julie. Son regard la suivait avec une intensité croissante, sa respiration s'accélérant légèrement à mesure qu'il la voyait se dévêtir. La lumière du foyer jouait sur sa peau nue, créant des ombres sensuelles et mettant en valeur chaque courbe de son corps.

Une fois Julie entièrement nue, elle attrapa le jean plié avec grâce, dévoilant un à un ses tatouages délicats sur ses hanches. Elle enfila le jean lentement, le tirant délibérément sur ses jambes, mettant ainsi en valeur chaque centimètre de sa peau. Puis, elle saisit la chemise, la déployant de manière provocante avant de la passer sur son corps. Le tissu glissa sur sa chaire lisse, créant une sensation enlevante.

Julie se retourna ensuite, son regard plongeant dans celui de Temujin. Elle arborait un sourire aguicheur, consciente que son silence l'avait observée, que ses yeux l'avaient dévoré. Puis, avec une lenteur délibérée, elle laissa entrouvrit la chemise, révélant à moitié sa poitrine, une invitation taciturne à la découverte.

Temujin prit un linge soigneusement plié, le mouilla, puis se dirigea vers le foyer. Il plaça la bouilloire sur le bras de fer forgé au-dessus des flammes crépitantes, laissant l'eau commencer à chauffer.

Lorsqu'il revint, son regard s'attarda sur Julie, assise avec grâce sur le rebord du lit. Ses jambes étaient croisées, soutenant son corps avec prestance. D'une main, elle maintenait son chemisier légèrement entrouvert, divulguant la délicate fente entre ses seins. Ses doigts caressaient lentement cette partie de son anatomie,

Temujin se releva avec précaution et s'approcha d'elle. Avec un geste attentionner, il approcha le linge de ses joues et murmura sensuellement : "Tu as encore quelques éclaboussures sur le visage." Julie releva doucement le menton, révélant ses yeux brillants de passion. Avec une tendresse palpable, Temujin entreprit de lui laver la figure. Les mouvements étaient délicats, caressants, comme s'il cherchait à effacer chaque trace d'incertitude et à faire place à une nouvelle intensité.

Chaque contact, chaque goutte d'eau qui glissait sur sa peau, était chargé d'érotisme. Julie pressa sa main contre sa poitrine, sentant la chaleur réconfortante qui émanait d'elle, le cœur battant comme s'il n'y avait pas de lendemain. L'air était pimenté d'amour, une promesse implicite flottait entre eux, les invitant à explorer les profondeurs de leur passion.

Julie révéla sa sensualité avec une aisance déconcertante. Les pans de son pantalon, légèrement trop ample, d'un mouvement de balancier des hanches glissèrent avec une fluidité envoûtante, comme s'ils obéissent à une magie sensuelle. Ses lèvres, ourlées de désir, se rapprochèrent dangereusement de celles de Temujin, créant une effervescence chargée d'aspiration.

La ceinture de Temujin, ce symbole de l'autorité et du désir, fut déliée lentement, presque comme un acte de vénération. Les mains de Julie glissèrent la courroie hors des passants.

Alors, Julie, telle une héroïne sensuelle, finit de retirer adroitement le pantalon et se plaça au centre du lit, ses fesses galbées offertes à Temujin. Ses courbes captivantes exposées à la lumière du foyer. Ses longs cheveux caressèrent la literie, créant un tableau de rêve. Dans une posture à la fois provocante et soumise, elle se tourna vers son amant, les yeux brûlants d'une passion inextinguible. D'un souffle chargé de désir, implorent pour une correction, elle prononça ces mots : "J'ai été une vilaine petite fille, et je mérite une punition." Un frisson parcourut l'atmosphère quand Temujin empoigna la courroie de cuir qu'elle avait laissé sur le rebord du matelas.

Temujin savait que ce moment était le fruit d'une longue attente. Il s'approcha de Julie avec une intensité brûlante dans les yeux, désireux de répondre à son appel.

Le cuir dans sa main était lisse et froid, contraste parfait avec la chaleur de leur désir partagé. D'une voix profonde, il murmura, "Oh, Julie, ma chère. Il est temps que tu apprennes ta leçon." Il caressa délicatement sa peau du dos jusqu'aux cuisses avec la lanière de cuir, faisant frissonner Julie d'anticipation.

Le premier contact de la courroie sur son épiderme nue fit naître une onde de plaisir et de douleur délicieuse. Julie se mordit la lèvre inférieure, réprimant un gémissement de satisfaction. Les émotions dans la pièce étaient palpables, chargées d'une énergie sexuelle électrisante.

Temujin continuait à discipliner Julie avec de plus en plus de ferveur, chaque élan assigné avec précision étant un mélange de punitions et de récompenses. Leurs soupirs, leurs gémissements et le son du cuir contre la peau s'entremêlaient dans une symphonie sensuelle.

Pendant que Temujin exerçait sa domination, il se sentait submergé par l'excitation du moment. La tension entre eux atteignit son apogée, et Julie était suspendue entre le plaisir et la douleur, implorant pour plus, pour un relâchement, pour l'extase.

Temujin délaissa la ceinture, mais continua d'explorer les sensations de Julie avec une dévotion sensuelle. Ses lèvres douces et chaudes caressèrent chaque marque laissée par le cuir, chaque courbe de ses fesses. Julie se cambra légèrement, offrant son intimité à l'attention ardente de son amant.

Les soupirs de Julie se transformèrent en gémissements d'extase alors que Temujin, laissant derrière lui un sillage de baisers enflammés. D'une main habile, il tira sur la culotte de dentelle qui se déchira sous la force. Ses caresses étaient une combinaison de tendresse et de passion brute, faisant en sorte que chaque parcelle de peau de Julie réclame son attention.

Temujin ne put résister à l'envie de mordre doucement la chair sensible de ses fesses, provoquant un cri de plaisir de la part de Julie. Leurs émotions étaient à vif, et la tension sexuelle qui régnait entre eux était presque insoutenable.

La pièce était remplie du parfum envoûtant de leur passion partagée. Julie, à ce moment-là, était à la merci de Temujin, totalement soumise à ses désirs et à son plaisir.

Elle ne se reconnaissait plus, mais elle n'avait qu'une envie, celle de se laisser dominer, se donner pleinement à cet homme tout droit sorti de ses livres. Que ce n'est qu'un rêve, un fantasme, peu importe, elle se sentait libre pour la première fois de sa vie. Libre de se donner entièrement, à quelqu'un. Elle désirait l'accueillir au plus profond de son intimité, le voulait en elle.

Julie se sentait à la fois vulnérable et libérée, parée à s'offrir totalement à cet homme qui avait surgi de ses fantasmes les plus ardents. Elle brûlait d'un désir inextinguible, prête à franchir les dernières frontières de son être.

Temujin, captant l'ardente passion qui brûlait dans les yeux de Julie, continua son exploration. Ses doigts habiles commencèrent à caresser les courbes de son corps, chaque contact électrisait Julie un peu plus. Les frissons se propageaient, et elle se laissait emporter par cette vague de désir dévorant.

Leurs soupirs et gémissements se mélangeaient en un rythme sensuel, comme une mélodie envoûtante. Leurs corps se rapprochaient, fusionnant dans une étreinte passionnée. Temujin embrassa Julie avec une intensité indomptable, faisant monter en elle un tourbillon de sensations. Une ceinture habilement glissée autour de ses poignets l'attache, les réunissant en un enlacement sensuel. Puis, d'un geste délibéré, la ceinture est tirée, s'enroulant autour des barreaux du lit. Ses bras se tendent, le haut de son buste suspendu dans l'attente d'une extase à venir.

Julie était à la merci de Temujin, son cri d'abandon résonnant dans l'air chargé d'émotion. Elle se sentait vulnérable, mais cette vulnérabilité était son pouvoir, son cadeau à Temujin, qui savait comment en jouer pour éveiller ses sens. Elle ne pouvait plus attendre, sauvagement désireuse de le ressentir en elle. Elle murmura, "Prends-moi, Temujin, je suis tienne." C'était un soupir d'abandon, un acte de soumission consentie. Mais il n'en avait pas fini avec elle, il voulait l'entendre supplier davantage.

Temujin, dominant et passionné, tira légèrement les crinières de Julie, exposant sa nuque tendre. Ses baisers la firent frissonner, et les morsures délicates causèrent des sifflements de plaisir. Ses mains expertes s'attardèrent sur ses seins, provoquant une agréable torture érotique.

Julie, dévorée par l'instinct, avança sa tête pour sentir davantage la traction sur ses cheveux, se mordant la lèvre tout en émettant un gémissement de satisfaction. Ses jambes tremblaient d'anticipation, faisant resserrer davantage la ceinture à ses poignets.

Temujin prolongea son exploration sensuelle en frappant doucement ses fesses à mains nues. Cette dernière claque créa un délicieux éclat de surprise qui traversa leurs corps, incitant Julie à écarter davantage les cuisses, désireuses de plus de Temujin.

Sans plus attendre, Temujin la pénétra tranquillement, mais profondément. Elle tourna la tête forçant la tension dans la poigne de son amant afin de le voir. Leurs regards brûlants se croisaient intensément, une connexion forte entre eux. Julie sentait son cœur battre la chamade, la passion dévorante la submergeant tandis qu'elle était pleinement prise par Temujin.

Il se cambra au-dessus d'elle, saisissant à nouveau sa gorge, exerçant un contrôle érotique sur elle. Chaque mouvement était plus puissant, plus férocement passionné que le précédent, créant un rythme sauvage et envoûtant. Leurs corps s'emboîtaient parfaitement, comme si le désir lui-même les guidait.

Les bruits de leurs ébats étaient un mélange de claquements sensuels et de gémissements d'extase. Ils se donnaient l'un à l'autre sans limites, explorant chaque recoin intime de leur âme et de leur corps, se perdant dans un océan de plaisir.

La nuit les enveloppait de son obscurité, et leur intimité brûlante les consumait dans une étreinte indomptable. Julie comprit pour la première fois le véritable sens de la jouissance, un voyage inoubliable dans les profondeurs de son désir.

Après avoir vécu cette expérience intense, Julie retrouve enfin sa liberté, laissant derrière elle les stigmates éphémères sur ses poignets et ses fesses, mais le cœur et l'entrecuisse enfin combler. Épuisés et satisfaits, ils se laissent aller à un profond sommeil, blottis l'un contre l'autre. La bouilloire continue de siffler doucement, son appel oublié dans la nuit.

# Épilogue

Julie s'éveilla lentement, laissant les rayons du soleil caresser sa peau nue. Un frisson de plaisir parcourut son corps, évoquant des souvenirs érotiques de la nuit précédente. Elle se rappelait les images envoûtantes et des sensations voluptueuses qui l'avaient transportée au-delà des limites de la réalité.

En observant sa main, marquée par les traces du cuir, elle constata qu'elle reposait délicatement entre ses cuisses, comme si elle était encore captive de ses rêves sensuels. Un sourire satisfait se dessina sur ses lèvres, trahissant une lueur de désir présente dans ses yeux. Les souvenirs érotiques de la nuit précédente étaient toujours bien vivants, alimentant le feu qui brûlait en elle.

Elle jeta un regard autour de la pièce pour remarquer qu'elle était de retour dans son chalet, seule dans le lit. L'absence de Temujin la fit se demander si tout cela n'était qu'un rêve osé ou si, d'une manière ou d'une autre, elle avait réellement voyagé dans un autre monde. Les traces à ses poignets semblaient suggérer que c'était plus qu'un simple rêve.

Avec un pincement au cœur, elle désirait ardemment retourner dans cet univers passionné qu'elle avait découvert. La nuit avait révélé une personnalité de plaisir et d'aventure, et Julie était prête à tout pour y revenir.

Malgré son désir de prolonger cet instant de plaisir, Julie savait qu'elle devait se lever et se concentrer sur son roman. Les mots attendaient d'être couchés sur le papier, les idées bouillonnaient dans son esprit, exigeant d'être exprimées. Elle se redressa lentement, étirant ses membres avec grâce, savourant chaque mouvement sensuel de son corps.

Julie quitta le lit, laissant le drap glisser le long de sa peau satinée, révélant sa nudité à la lumière du jour. Les oiseaux chantaient joyeusement à l'extérieur, ajoutant une symphonie naturelle au climat charnel qui enveloppait la pièce. La chaleur de Galarneau caressait son corps, ravivant les sensations de la nuit passée.

La chambre était gorgée d'une atmosphère chargée de sensualité, l'odeur enivrante de la passion imprégnant chaque recoin. Les murs semblaient vibrés d'une énergie sulfureuse, comme s'ils étaient les témoins silencieux des rêves érotiques.

Julie décida de se préparer un café corsé pour bien commencer la journée. Elle s'installa confortablement sur une chaise en bois, le regard tourné vers l'horizon où le soleil émergeait doucement des montagnes environnantes. Elle avait acheté ce chalet isolé pour se polariser sur l'écriture de son roman d'horreur, mais ce qu'elle y avait trouvé lui avait offert encore plus que ce qu'elle avait espéré. Son esprit n'était plus envahi que par des idées érotiques qui semblaient la détourner de son objectif initial.

Elle retourna à son travail, modifiant les scènes osées pour qu'elles reflètent l'atmosphère sombre et mystérieuse du manoir hanté. Elle se concentra sur la construction d'une intrigue complexe, où les personnages seraient confrontés à leurs propres démons intérieurs et à des forces surnaturelles.

Après un moment, elle releva les yeux, fatiguée. Elle n'avait encore rien avalé de la journée, et la nuit était tombée sans qu'elle s'en rende compte.

Julie réalisa qu'elle avait négligé ses besoins fondamentaux en se laissant absorber par son travail. Son estomac criait famine, et la fatigue pesait sur ses paupières. Elle avait oublié de prendre soin d'elle-même, entraînée par la passion de son écriture encore une fois.

Elle se leva lentement de sa chaise, sentant ses jambes engourdies. Son regard se posa sur la fenêtre, où la nuit était tombée, et les étoiles brillaient dans le ciel sombre. Elle avait perdu toute notion du temps, se laissant emporter par les tourbillons de son imagination. En secret, elle pensait encore à lui.

Se dirigeant vers la cuisine, Julie prit conscience du silence qui régnait dans le chalet. Le cliquetis des touches de l'ordinateur avait cédé la place à un calme presque oppressant. Elle ouvrit le réfrigérateur pour constater qu'elle n'avait presque plus rien à manger. Les placards étaient également vides, témoignant de son manque d'attention envers ses besoins les plus élémentaires.

Épuisée, Julie s'adossa sur une chaise. Son regard errait entre les murs, cherchant un peu de réconfort dans ce décor qui lui semblait à la fois familier et étranger. Elle prit conscience de l'importance de se ressourcer, de prendre des pauses pour se nourrir et se reposer.

Elle décida alors de se préparer un repas simple, mais nourrissant. Choisissant quelques ingrédients qui restaient dans le réfrigérateur, elle se mit à cuisiner avec une attention renouvelée. Les arômes se mêlaient dans la place, apportant un sentiment de chaleur et de réconfort.

Après avoir mangé quelques bouchées, Julie se laissa tomber sur le canapé du salon. La fatigue l'envahissait, et elle se permit enfin de fermer les yeux, laissant son esprit s'évader dans les méandres de ses rêves. Espérant à nouveau le rejoindre.

*Fin... ou peut-être pas, qui sait?*

www.Lios-art.com

Admin@lios-art.com

www.ingramcontent.com/pod-product-compliance
Lightning Source LLC
Chambersburg PA
CBHW060648260626
47161CB00008B/3058